U0068740

末等魂師

1 廢材其實是土豪?

銀千羽—著

希月—繪

人物介紹

端木玖（15歲）

外表：黑髮黑眼、五官可愛，被稱為傻子的無害小蘿莉

身分：端木世家嫡三子之獨女，有名的癡傻廢材

嗜好：美食、甜點

個性：玩世不恭、我行我素。有仇一定報！有恩……看狀況還！

寶物：黑石、紅色小鳥、隱形戒指

天賦：煉器

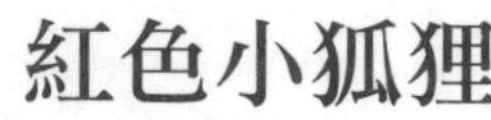

紅色小狐狸

身分：魔獸

年紀：不明

特長：自動撲到端木玖身邊

出場印象：疑似魔獸火狐狸的紅毛小狐狸

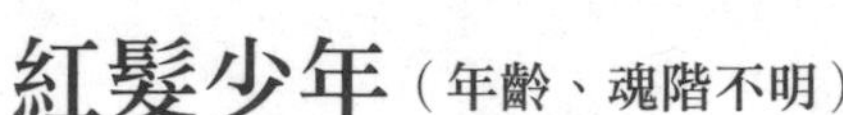

紅髮少年（年齡、魂階不明）

外表：清冷貴氣的美少年

身分：不明

嗜好：甜食

個性：冰冷無情、霸氣獨尊，視蒼生為螻蟻

寶物：未知

天賦：毒

焱

身分：與端木玖靈魂相連的伴生體
年紀：不重要
特長：放火
出場印象：使命必達的忠誠小夥伴
口頭禪：啾！（我最喜歡玖玖！）

北御前（155歲、五星天魂師）

外表：三十多歲熟男
身分：玖父托孤之人，稱端木玖為小姐
嗜好：照顧小姐
個性：剛毅耿直、穩重可靠

仲奎一

身分：西岩城武器店老闆
年紀：一百多歲
特長：煉器
出場印象：看守武器店的鬍子大叔
口頭禪：那個阿北家的小姑娘

目錄

楔子 009

第一章 初到異世很貧窮 019

第二章 擺脱貧窮先要債 047

第三章 魔獸原來長這樣 077

第四章 熱鬧不能隨便看 101

第五章 冤家路窄會相逢 121

第六章 一戰洗刷舊名聲 143

第七章 廢材只想當土豪 165

第八章 新仇舊恨都記帳 191

第九章 什麼曲子好好睡 215

第十章 岩火地底的…… 235

作者的話 254

即使最後的血脈消失，九黎傳承，不會斷絕。

楔子

末世．T市。

昔日世界知名，最繁華、最科技、最文化、最熱鬧的城市之一，擁有二十一世紀最現代化的科技與便利。

地面上，高樓大廈林立，車流、人流，潮來潮往。

地面下，快捷交通四通八達、商店街形形色色，人來人往，絡繹不絕。

而現在。

高聳林立的大廈，有半數以上頹傾。

到處是崩壞的樓層與崩毀的建築物。

曾經的光鮮亮麗的大樓與寬廣的街道，如今裹了一層厚厚的灰塵。

天空，不見藍天。

只有一片淡淡的烏雲飄布。

映入眼裡的，不再是繽紛與生機的色彩，只有一片灰撲撲的世界。

陳舊、沉寂、毫無生氣，是這個城市現在的寫照。

風一吹來，即使是在正午陽光最烈的時候，依然不見太多明亮，只有一片被灰塵籠罩的霧濛濛視線。

一條一條寬敞的道路上，隨處可見掉落的招牌、泥塊，與荒廢生鏽、外觀凹凸的破損車輛。

曾經人來人往、生機彌漫的城市。

如今不見人跡，死氣沉沉。

空氣裡，還可以聞見淡淡的血腥味、與許多腐臭的氣味。

末世，不過四年。

一切卻已滄海桑田。

這個世界，曾經有多麼熱鬧，現在就有多麼蒼涼。

鼎沸的人聲不再。

四周只有一片靜默。

突然，陣陣的引擎聲，從遠處咆哮而來。

站在最高大廈的樓頂，她看向城市四方。

有四個車隊，分別從四個不同的方向而來，迅速卻小心翼翼地進入這個曾經的市中心。

「嗯，四個人都很準時，可見得晶源槍的魅力，真的很大。」

她輕喃一句，收起有偵測功能的眼鏡，一道有如幼兔般大小、全身泛著金紅色亮光的小獸，突然跑到她肩上，發出奇怪的聲音。

「啾啾？」

「小焱，待會兒就靠你了。」

「啾。」

「呵。」她摸摸小獸的頭。

小獸也依戀地偎著她。

仔細一看，小獸的身體彷彿有些透明，不像真實的存在。

但卻能真實地依偎在她身邊。

聽著引擎聲愈來愈近，她走到屋頂一角，無視於大樓風的強勁、也無視於自由落體的加速，穿著皮靴的雙腳，輕輕往外一躍。

一道纖細的身影，彷彿無重量般的快速往下掉。

高速的降落，一層層布滿灰塵的樓窗從眼前飄忽而過。

她毫無懼色，輕巧地落下地面後，又借力使力地一彈跳！

金紅色小獸猶如一道驚鴻，同時往另一邊快速竄去。

她的身影，則落在一棟建築物前——曾經的總統府。

四批車隊，從四個不同方向的道路而來，幾乎是同時抵達到她面前。

車隊同時停下後一會兒，才各自走下四個人，分守在四個方位，謹慎地將第五個人護下車。

他們，是末世後在這個國家中，掌握最大權勢的四個人。

總統、主席、將軍、首長。

看見曾是同僚、如今是對手的熟人與自己同時到達，四人的臉色都不怎麼好看，眼裡警戒著。

她也沒有給他們開口的時間，直接說道：

「你們想要的東西，就在這裡，誰能找到，就屬於誰了。」

說完，她轉身欲走。

「慢著。妳要去哪裡？」總統問道。

「當然是離開這裡。」

「妳要走可以，但要等我們找到東西。」主席說道。

「呵！要我留下，你們確定？」她輕笑一聲，看向第三個人，也是她曾經的上司：「將軍，你說呢？」

「妳可以走，但給我們一個範圍。」考慮了一會兒，將軍說道。

「範圍？」她又一聲輕笑。「好吧，就當是我給你這個曾經的上司最後一份謝禮，還你過去對我的善待。範圍是：總統府方圓一公里內。」

得到範圍，四個車隊已經開始分配搜索人員。

她微笑看著他們的動作。

「現在我可以走了嗎？」

「如果妳騙了我們——」首長威脅的話還沒說完，將軍就打斷他。

「如果怕被騙，首長可以立刻離開。」

「你——」

「她最大的優點：」將軍看向她：「就是一旦定下交易，從來不騙人。」

她一聽，又笑了。

「將軍，經驗是會騙人的。不過今天，我的確沒騙你們；時間有限，你們快點找吧，我不奉陪了。」

「等等。」將軍再度開口：「妳父母的事……我很抱歉。」

「不必。」各自立場不同而已，一句抱歉，不會改變結果。

失去的，不會回來。

而她要的，是一份了斷。

「如果妳願意回來，我一樣重用妳，不會讓任何人為難妳。」

她眨了眨眼。

「將軍，你這麼『有情有義』，讓我都有點不好意思了。好吧，看著你還算有點良心的分上，給你一個提醒；以這裡為中心，在方圓一公里的邊界上，我設了結界。」

「結界?!」

「一個小時以內，你們找到那樣東西，以它破壞結界，你們就可以平安離開這裡。」

將軍問：「如果找不到呢？」

「那，你們只好陪著這座城市一起腐朽了。」她攤開手。語氣很抱歉，表情卻是微微一笑。

沒有人懷疑她的話。

她是科技的天才，更是製造武器的天才，末世四年以來，如果沒有她的發明，人類的死傷只會更多！

相反的，如果她要殺人，那——

「開什麼玩笑！馬上把結界打開！」主席命令道。

「今天，無論你們能不能平安離開，我父母的仇，都就此了結。」她淡聲說道。

「妳果然恨我們……」將軍的眼神微微一黯。

「再見，各位。也祝你們好運。」她轉身離開。

「站住！」主席吼著命令。

「砰！」有人開槍。

「住手——」有人阻止。

三個動作幾乎在同時間發生。

子彈射出。

卻是令人意外的結果。

……朝她射去的子彈……消失了！

「呵。」她輕笑一聲，身形一躍。

瞬間不見人影！

只留下漸漸恐慌的四隊人馬。

在確定結界是真的之後，大家沒有心情追問這個東西是怎麼形成的、她又是怎麼從眾人眼前消失的，四隊平常勾心鬥角、恨不得對方早點掛了的人馬在末世後首度齊心協力：

「快！快找！一定要找到那個東西！」

一個小時之後，曾經的T市市中心，突然爆出一道沖天光柱。

極致的光線，刺痛人的眼球。

接著，是一聲足以引起地表震動的驚聲爆炸！

這陣爆炸，將市中心方圓上下一公里內的所有生物、非生物，全數化為灰燼。

但令人不解的是，這麼大的爆炸威力，卻只在市中心方圓上下一公里之內，完全沒有向外蔓延，令人們無比驚嘆、也無比疑惑。

但是這些，已經與她無關了。

幾天之後，她帶著那隻金紅色的小獸，來到一處神秘的山谷。

與末世後到處是頹傾與塵污、綠地漸漸枯化的各個地區不同；這裡綠地盎然，空氣中彷彿還聞得見花草的香氣。

這裡，才真的是末世人間的淨土吧。

有族傳的結界保護，無論外界如何變化、人世如何腐朽，都影響不到這裡的一草一木、一土一地。

「小焱，毀了車子吧。」

「啾。」

金紅色的小獸一聽，立刻朝車子繞飛了一圈。

一輛耐用的軍用吉普車，當場就被高溫熔燃，連一點點灰燼都沒留下。

她轉身走進山谷裡，胸口卻一痛，輕咳出聲。

「咳咳。」一絲血痕，從她唇角溢出。

「啾啾啾啾！」金紅色的小獸很著急。

「沒事的，小焱。」她安撫著。

她太高估自己的力量了呢！

末世之後，陸續有一部分的人爆發出異能，便於對抗喪屍、變異的動植物以求生存；她原本以為自己不會有異能，卻在半年前發現，原來，她有異能，而且是——空間異能。

這個空間異能，並不是儲物空間，而是可攻可守的空間結界。

應用得當，絕對可以讓她在末世中活得很安全、很舒適。

只可惜，就算是異能者，也還是人。

太過透支力量，超過了身體的負荷，一樣會死。

完成了該做的事，她不在乎這個後果，只不過，她要自己選擇葬身的地方。

「啾啾啾啾！」

好像感覺到她生命力的衰弱，金紅色的小獸著急不已，不斷鳴叫著。

她走進山谷深處，進到一處隱密的山洞；山洞裡的牆面上，有著許許多多的石牌，牆前的供桌上，掛著一顆黑色的中空石墜。

那些高掛的石牌上，刻著一個又一個的名字。

這些，都是她的先祖。

一代又一代，人數愈來愈少。

依著祖先們傳下來的禮儀，她跪拜了先祖，然後拿起中空的黑石墜，用鍊子串起來，戴在身上。

「最後的血脈……」

只剩她了呢！

不，不能這麼想，也許其他部族還會有血脈留存，但她這一部，就真的沒有了……

「咳咳……」她又咳了幾聲，感覺到身體發出的無力感，就退坐在山洞一角，臉色愈發蒼白。

「就算是最後只剩下我一個，至少……我還有歸處……」

看著小獸，她虛弱地綻開一抹笑容：

「小焱，謝謝你一直陪著我。」雖然這一世不長，可是她不覺得有遺憾，只覺得有點歉疚。

「啾啾？」

「如果有來生，還能一起作伴……就——好了……」她輕喃著，撫摸著小獸的手，慢慢、慢慢，無力，垂下。

對不起，要留下牠一個了……

「啾？啾啾！啾——」

小獸先是不解、焦急。

等意識到身邊的人不會動了、再也不會醒來的時候，淒厲的叫聲頓時響徹整座山洞！

金紅色的小獸不斷繞著她飛，最後化為一簇金色火光，包裹住她全身。

「啾啾啾啾啾啾……」

牠不停叫著，隨著叫聲愈來愈小，火燄的光芒卻愈發擴散，及至籠罩整座山脈。

而整座山脈，開始緩緩消失……

第一章 初到異世很貧窮

天魂大陸。

位於西星山脈南端的西岩城，是西州六大城之一。

初秋的午後，在城西民宅區一處小巷底，幾名少男少女聚集在一起，追著一名身穿粉衣的弱小少女又打又踹。

「快點，該你了。」

隨著一名綠色長袍少女的命令，一個接一個的拳頭、一記又一記踢踹毫不留情地落在粉衣少女嬌小的身體上。

碰、碰，啪、啪！

「一個接一個打，不要停！」

「嗚……嗚……」

身穿粉色武士裝的少女，像是完全不會被反抗，只是蜷縮著自己，被打、被踹了，她的眼睛卻沒有顯出害怕、也沒有閉上，反而一直睜開著，看著他們，像要把一切都記著，又像只是發著呆。

「看什麼看！」綠色長袍少女親自上場，一腳踹過去。

「嗚！」粉裝少女側腿一痛縮。

「還看！」

綠袍少女怒火一揚，手一揚揮，帶著一股勁道，直接劈向弱小少女的腦袋。

「啊！」

粉裝少女受痛倒向側方，頭又重重撞上巷牆，「叩」地一聲，就倒在地上，一動也不動了。

粉衣少女的雙眼緊緊閉著，額角上的血液緩緩暈開來，臉色蒼白、髮絲凌亂、全身髒污的慘狀，看起來怵目驚心。

那幾名圍著她追打的少男少女們，卻還是嘻嘻哈哈地笑著，繼續揍她一下、踢她一下。

「別以為躺在地上裝死就沒事，快點起來！」

粉裝少女毫無反應。

「哼！一個傻子，憑什麼穿得這麼漂亮?!」

「一個傻子，身分憑什麼比我尊貴?!」

「一個傻子，居然還有一個高手護衛……」想到平時面對高手護衛的憋屈心情，少男一腳踢向她的肚子。

從剛開始的慌張閃躲，抱頭跑躲，到現在躺在地上，少女連痛叫聲都沒有了，只剩下拳打腳踢還在不停地繼續。

砰、砰、砰。

砰、砰、砰。

一聲接一聲，然而除了身體受痛本能的痛縮之外，粉衣少女連呻吟聲都沒有了，這讓站在旁邊從頭看到尾的女子有點不安了。

「連少爺、晴小姐，應該好、好了吧，再打下去……玖小姐她……」

「妳叫她什麼?!」

「呃……傻子小姐……」趕緊改口。「傻子小姐她會死的……」

「死了才好！才不會繼續敗壞我端木家族的名聲。」

「可是，如果北大人知道……」

「妳敢說?!」一名少年打斷她的話：「別忘了，是妳把她帶來這裡的，要是妳敢出賣我們——」

「我不會！連少爺，我絕對不會說的！」

「諒妳也不敢。」那名綠袍少女不屑地看了她一眼，再轉向自己的哥哥，低聲問：「哥哥，不會有事吧？」

雖然表現得很驕傲，但是想起那個「北大人」，少女還是有點惴惴不安。

但更多是嫉妒。

區區一個傻子，憑什麼擁有一個比她父親還要厲害的高手當護衛？

而且，這個傻子什麼都差，偏偏出身家族嫡系，身分比她高，還長得比她漂亮，真是……討厭！

綠袍少女恨恨地又是一腳踹過去。

「放心，沒事。就算他想管，也要他有命回來才行。」少年很有深意地說。

「哥哥說得對。」綠袍少女立刻笑了，瞄了在地上昏迷不醒的粉衣少女一眼。「哥哥，今天就到這裡吧。」

傻子昏了，也就不好玩了，今天就先放過她；要是她還能醒來，那也沒關係，他們正好可以多打幾次。

「嗯，也好。」少年也看了地上一眼。

這傻子就算不死，也差不多了吧！

「她交給妳帶回去，這些，是賞妳的。」少年隨手丟出幾十枚金幣。

「謝謝連少爺、謝謝晴小姐！」

「呵呵，妹妹，我們走吧！」被稱為「連少爺」的少年呼喝一聲，就大搖大擺，帶著一群人就這麼走了。

小巷子裡頓時一片安安靜靜。

「呼，總算走了。」被留下來的女子鬆了口氣，忐忑不安的表情不見了，只剩下一臉喜孜孜的笑容，數著手上的金幣。

足足二十枚金幣呢！

女子收好金幣，再看著躺在地上的人，忍不住說道：

「玖小姐，妳別怪我，只能怪妳自己太不討喜，礙了連少爺和晴小姐的眼……誰教妳，是個傻子呢！」

不以為意地笑了笑，還趁著沒人看見輕踢了兩下，才一把將地上的少女撈抱起來，帶回粉衣少女居住的民宅。

◈

城西民宅區，一處民宅小院裡。

粉衣少女身上的髒污已經被擦拭過，又被放到床上平躺著，青紫的烏痕仍然留在臉上。

「小姐？小姐？」

頭……好痛！

身體……也好痛……

她皺著眉，意識混混沌沌，各種畫面一幕幕交錯出現，耳邊卻清楚聽見有人說話的聲音。

她本能地壓抑住疼痛感，集中精神聽著周遭的聲音。

「別叫了，她大概醒不來了。」女子說道。

「可是……」

「誰教她那麼沒用！偏偏北大人還一直保護她、養著她，就算她是個傻子，不會說話、什麼事都不會，日子還是過得比別人好，吃的穿的樣樣都不用擔心，難怪別人看她不順眼！」

「可是，我們收了北大人的金幣，任務就是照顧好小姐——」

「所以我才沒有幫別人打她。我們收的金幣，只是負責照顧她的三餐和生活，可不包括當保鑣。」

「可是，北大人請我們來，本來就是要服侍小姐，不能讓小姐在北大人不在的時候餓著冷著，更不能讓別人欺負她……」

「傻子就是惹人厭。別人看傻子不順眼，我們有什麼辦法？」

「可是，是妳把小姐帶到那裡，小姐才會遇上他們的……」

「妳胡說什麼！那是小姐要去，我才帶她去的！」才不是她故意帶去的！

「小姐每天散步去的地方，明明都是妳安排的，如果不是妳帶著小姐亂走，小姐不會被打。」她雖然單純，卻不傻。

小姐渾身傷痕、又撞破了頭，連衣服都被扯破，而且破的痕跡有被拉破、也有被東西磨破。

這種傷才不是單純的受傷，也不是被人看不順眼打了幾下而已，明明就是被打了很久。

「妳別胡說八道！反正她受傷不關我的事，妳想留在這裡就留吧，我要回去了。」

「麗兒，妳別走！妳、妳……」妳個半天，她不知道該說什麼，只能眼睜睜看著人走掉。

太不負責任了！

她悶氣了半天，轉身再回頭看著躺在床上昏迷、眉頭皺緊緊的小姐，她又難過起來。

摸了摸小姐的額頭，確定她沒有發燒，再用乾淨的溼布把小姐臉上、手上髒污的地方又擦了一遍，同時把小姐身上的髒衣服換掉，換上另一套，小姐還是沒有醒來的跡象，她只好輕聲地說：

「小姐，您一定要撐下去，不能出事啊，不然北大人回來一定會很傷心的。您一定要醒過來。我先去幫您做晚餐，您一定要醒過來吃呀……」

她叨叨唸了半天，中心主旨就是「小姐，妳一定要醒過來」，最後，才小小聲地走出去，關上門。

世界總算安靜了。

躺在床上的少女，緊皺的眉頭這才鬆了鬆。

雖然大概能猜出這兩個人說話的前因後果，但是情況好像有點不對。

她的額角一抽、一抽地痛，腦海不斷出現一些畫面。

一個幼小的女孩，遲緩地學著走路。一步、兩步、跌倒……

一個男人，很耐心地一次一次牽著她、陪著她。

幼小的女孩，過了五歲了都還不會說話，任何人對她說話，她遲鈍得幾乎沒有任何反應……

這個男人，卻不厭其煩地陪著她，對著她說了許多事，即使當時她一點反應都沒有，只是呆呆地聽著。

有時候，畫面裡還會出現一名年輕的哥哥，會陪她玩、會送東西給她吃、會買玩具給她。

但是那個幼小的女孩，在男人不在的時候，總是會被許多人嘲笑、還會被欺負——男人一知道，就會狠狠教訓那些欺負她的人。

男人每天很忙，但有空的時候總會牽著她走出門，對著她介紹這是什麼、那是哪裡。

她總是靜靜聽著，沒有點頭、也沒有搖頭。

那時候，她住的屋子很大、很豪華，那個城市很大、很繁榮，到處充滿著各種修練者。

直到有一天，小女孩走上測試台，被宣布毫無天賦，被趕出那個繁榮的城市。

男人毫不猶豫帶著她離開那座繁華的大城。

生活，從富裕變得簡單。

不變的是，男人一直照顧著她。

即使她笨拙得什麼都學不會，他還是一遍又一遍的教著她。

對著她說話，同一句話可以重複很多遍。

就連簡單的生活自理行為，他也可以重複教很多次。

同時在言語中，會告訴她許多關於這個世界的事。

每天每天，不斷重複。

他從不避諱她像個傻子一樣不會反應，從不以她為恥，也不像別人那樣，把不正常的孩子藏著不見敢人，反而常常帶著她出門散步，就像她是一個正常的孩子一樣看待。

即使她很少有什麼反應，男人卻從來不曾嫌棄、不曾生氣，總是對她笑、盡心盡力照顧著她、教導著她。

一幕又一幕的畫面中，出現最多的景象，是十幾年來那個男人教養她的點點滴滴——

「北叔叔……」她忍不住低喃一聲，恍惚又睡著。

不知道又過了多久，她才終於醒過來。

一睜開眼，她看見的，是很乾淨、有點高的天花板，原木色的橫樑很質樸地裸露出來。

她眨了眨眼，感覺有點混亂。

她，明明死了。

怎麼會……在這裡？

這裡……是她的房間。

不是她曾經熟悉二十多年的二十一世紀現代風公寓住處，而是偏遠城鎮裡的一棟民宅小院。

一個她應該覺得陌生的地方。

但是現在她的感覺裡，她卻很熟悉這裡。

這裡的一桌一椅，都是那個男人帶著她挑選材料、再親自打磨，一樣一樣布置起來的……即使她，只是跟在他身邊呆看著，什麼也不懂……

她恍惚了一下，前世的本能警戒，又讓她的神志立刻清明起來，環顧了一眼簡單卻布置得溫暖舒適的房間。

她還活著?!

不，不是活著，她是確實死了。

身體被異能反噬，那種全身像要被硬生生痛碎的感覺，她還記得；意識不清時，聽見的那些謾罵聲，她也還記得。現在……

她身體才一動，額角上的疼更加劇烈，她抬起手輕碰了一下。

摸到的，是粗礪微硬、彷彿血跡凝固的觸感。

還有身體各處，不時傳來的疼痛，令她眉頭再度一皺。

這不是那種像是全身都要碎裂般的痛，卻有點惱人。

她勉強在床上盤坐好，本能閉著眼，開始靜氣吐納。

沒有人看見，她額上的血痕、與身上那些紫青的瘀腫，竟然開始以肉眼能辨識的速度，快速痊癒。

就連看不見的內傷，也在緩慢地復元中。

她的身體周圍，泛出一層幾乎看不見的淡紅色光芒，又緩緩消失……

大約半個時辰後，她重新張開眼，眉頭間的皺褶已經鬆開了。

雖然身體舒服了很多，但她也感覺得到這個身體的虛弱。

就在這個時，房門輕輕被打開。

一個看起來大約十七、八歲的少女正端著一只托盤走進來，一看見她醒著，立刻驚喜地跑進來，把托盤先放桌上，自己衝到床前。

「小姐，妳醒了，太好了！太好了……」感動到想哭。

這個聲音，是剛才她還無法睜開眼的時候，聽見的那道比較膽小、又比較細弱的聲音。

而少女臉上的表情，是真的開心。

判斷出這一點後，她才點了點頭。

「嗯。」

少女臉上的笑容更大了。

「那小姐餓不餓，我煮了粥——」後面的聲音突然頓住。

少女要端托盤的動作彷彿被定住，然後，僵僵硬硬地回過身，一副被驚嚇的表情：

「小姐？」

剛剛，小姐應聲了？

坐在床上的她挑了挑眉，只說道：

「端過來。」

「哦，好。」被命令了先照做，等小姐開始吃，少女才終於回過神了，忍不住又是一陣驚喜。

吃了一口粥，她眉頭輕蹙了一下，才又繼續吃。

這粥，沒有將食物的香味真的煮出來，調拌的味道也不足。

但，粥是有熟的，還能入口。

她現在需要它來讓自己恢復一點體力。

「小姐，妳不但醒過來，還好了，真是太好、太好、太好了！」

少女一陣開心，忍不住喋喋地說道：

「小姐，妳會說話了，太好了！而且小姐有表情了，太好了！北大人如果知道，一定會很開心的！小姐，妳——」

「停。」她開口。

少女立刻住了嘴，睜大眼看著她。

「讓我安靜先吃東西。」

「是，小姐。」少女立刻退到一邊，但還是以很開心的眼神一直看著她。

小姐不傻了之後，整個人就像從雕像活過來一樣，特別特別好看。

少女不懂太複雜、太好聽的形容詞，她只覺得，小姐長得跟她們都不一樣。比她們細緻、比她們漂亮、比她們好看，好像天上的女神，讓她忍不住一直看、一直看。

就是特別特別好看。

看著小姐淡定地把粥吃完，把空碗交還給自己，然後開口吩咐：

「去準備熱水，我要沐浴。」

「是，小姐！」少女很有精神地應了。

立刻去燒水。

◈

她這是重生了吧。

而且是沒喝什麼湯直接帶著記憶就投了胎。

這種事發生在一個以為自己已經死定了的人身上，到底該算是被老天爺降下的福氣砸到於是中了第一特獎，重回人間；還是她應該向老天爺舉牌抗議——說：為什麼自己的地獄有去無回旅遊券竟然還沒用就這麼沒了?!

但是，不管是第一特獎還是旅遊券，都改變不了現在的事實。

她，就是活過來了。

而且活在一個完全陌生、但是好像比以前還有趣的世界……

趁著沐浴的時候，她又把自己腦海裡的那些畫面與聲音想了一遍。

她還記得，她身體很痛的時候，焱包裹住她全身的溫暖。

然後，她像是被帶離了那種身體內部不斷在碎裂的疼痛感，昏昏沉沉著，不知道過了多久。

她像是醒了，又像還在睡著。

那些腦海中受傷的、溫馨的、被欺負的、被保護著的一幕幕，她像是一個旁觀者、又像是參與者，不斷經歷著。

她不會說話、沒有反應。

可是心裡卻是有感覺的。

凡是她看過的事，一幕一幕，她都記得，都是她——親身經歷過的記憶。

那麼，她是重生了吧——重新獲得一次生命。

也親自體驗了一回當傻子的感覺。

嗯……被各種鄙視厭棄謾罵欺負同情的感覺，還挺新鮮。

要知道在前世，她可是被別人仰望的存在呢！誰敢鄙視厭棄欺負同情她?!

不過謾罵還是有的。

被嫉妒嘛！她很習慣的。

「沐玖。端木玖。」

她的名字。

不知道這樣算不算一種延續？

「但不管這是什麼緣故，既然我活了，就要好好活著——」

焱，你也會這麼想吧！

「嗯？」她突然按住胸口。

就在她想到焱的時候，胸口突然一股熟悉的感覺，她先是一愣，而後，驚喜地緩緩笑出來。

雖然這感覺很淺、很輕，但是她知道，是焱！

「焱，你也來了吧。」

太好了……太好了——咦?!

撫著胸口的手按到一枚硬物，她立刻拉出頸子上繫的布繩，看到一枚非常熟悉的黑色石墜——

「巫石！」

它竟然也跟著她而來……這……

驚愣過後，她握著巫石，虔誠地放空心念，默然一禱後，重新將黑石放回衣領裡。

不管這一切是怎麼回事，她都接受，也絕不會忘記九黎傳承。

有巫石，她在這個陌生的異世大陸，已經不算孤單了。

至於焱——

只要在同一塊大陸上，無論焱在哪裡，她都一定會找到牠的。

接下來的幾天，端木玖開始了解這個世界。

這裡不是末世、也不是地球，而是一個充滿修練與奇特能力、名為「天魂大陸」的地方。

這裡的生存形態也完全不同於地球。

天魂大陸上，沒有高科技的資訊爆炸，也沒有高科技化後的那些污染、隱憂、生態危機。

只有生存環境的危險。

但是沒有高科技，並不代表就是落後。

雖然沒有電、沒有能源，但是卻有許多奇特的礦石與天然物質，被實際運用製成各種生活器具，便利人類的生活。

舉例來說，在這裡沒有電燈，但是卻也不用火燭、油燈來照明。

在夜裡，只要在屋子裡擺上光台，放上一種名為「光石」的石頭，就足以照亮整個房間。

要攝影，有記錄石，完整呈現影像與聲音。

要遠距離通訊，有通訊石，只要品質夠檔次，要視訊都沒有問題。

完全環保，無污染。

很好。

起碼她還活著的這輩子，應該是不用擔心會有「末世來臨」這問題。

要是好不容易重活了一次還要回到那種物資缺乏、充滿血腥與殘酷的生存鬥爭裡，那也未免太不幸了！

另外，天魂大陸的生物型態，與地球人類為尊的生物型態截然不同。

在天魂大陸上，除了人類，還有一種強悍的生物存在，稱之為「魔獸」。

獸類的生存本能一向強悍，而天魂大陸上的魔獸除了身為獸類的本能與特別的天賦技能之外，也有與人類同樣具有智慧的存在。

在天魂大陸上的生存法則，更為直接、也更為原始、更為殘酷。

一切以實力為尊。

魔獸有實力、有天賦。

人類要生存，同樣需要實力、需要天賦。

為了追求實力，人類早就發展出適合人類的修練方法。

在這個大陸上出生的人類，通常在五歲時就會進行天賦測試，然後依天賦開始進行修練。

因為每個人天賦的不同，大陸上人類的修練方式大致可以分為兩種：武師與魂師。

武師，鍛鍊的是戰氣，幾乎是人人都能修練。

武師修練的階段分為：武師、地武師、天武師、聖武師、神武師。

每階再細分為九個等級，稱為「九星」。

魂師，則需要經過測試，身體裡能凝聚出「魂力」，才能修練。

魂師修練的階段分為：魂師、地魂師、天魂師、聖魂師、神魂師。

每階同樣分為九個星級。

而修練者一旦晉入天魂（武）師，便擁有不借助外力也能飛上天空的本事，無論是戰氣或是魂力，與地階以下有著成倍以上的差距。

因此到達「天」階，是修練中一個很大的分水領，要突破這個階段比升地階時還要加倍困難。

如果以實際數量來說，每一千個地魂師，大約只有三百三十人能夠突破成為天魂師；一個一星天魂師，實力可以輕易秒敗一個九星地魂師，毫無壓力。

而晉入天階以後，要晉級也是一級比一級困難。

因此天階以上的高手，會被尊稱為「大人」。

魂師與武師最大的不同，在於擁有魂力便擁有一項特別的能力，就是能對魔獸進行契約。

一旦進行魔獸契約，不但能讓魔獸成為自己的戰力，也能使用魔獸的天賦技能，利用魔獸成為自己的戰鎧或武器。

在天魂大陸上有名的強者，有三分之二都是魂師。所以大陸上的每個人，都希望自己能成為魂師，只可惜卻不是每個人都能成為魂師。

據說，平均每五百個人裡，大概只有一個人能成為魂師；其中又以家族具有魂師血脈的人最有可能凝聚魂力。

而她，就屬於測了天賦後、被判定為沒有魂力的那一種。

本來在這個大陸上，沒有魂力、不能成為魂師，雖然令人惋惜，但也不是什麼多稀奇的事。

問題是，她出身的家族，不是普通的人家，而是天魂大陸上最有名的三大魂師家族之一——端木家族。

而她雖然從小失去父母，但她卻是現任家主的直系孫女，在嫡系的孫輩中，排行第九。

她沒有魂師天賦，在魂師家族裡本來就是被排斥的人，偏偏她還是個從出生開始，就不會說話、不能學習的傻子，當不成魂師，就連改修武師都不可能，這就注定了她不會成為一名有實力的強者。

雖然魂師家族裡難免會出現修練天賦差的子弟，也會被稱為廢物、被瞧不起、被欺負。

但是卻從來沒出現過連天賦差都稱不上，根本是個傻子的嫡系子孫啊！

廢物會被人瞧不起，但傻子——根本是讓人連罵她一下都覺得深深降低了自己的格調。

於是在她幼時的那場測試後，她在各家族間大大出名了，從家族裡紅到家族外，名聲響遍帝都。

這就是沒比較不知道，一比較起來……其他兩個家族的人頓時覺得，自家的子弟再怎麼廢材都還是個寶啊！

廢材沒關係，還能學嘛！

但要是個傻子，那才真的是完全沒指望。

於是其他兩個家族的天才與廢材們心裡平衡了。

而端木家族的長輩們、小輩們，簡直覺得這輩子沒有這麼丟臉過！

一向穩穩壓住其他兩族的驕傲，一下子全沒了。

這都是因為她！一個傻子！

於是在她測試完天賦後一個月，她的爺爺——端木家族的族長親自開口：

「沒有修練天賦，即使是嫡系子孫，也不能留在帝都。」

於是，下令將她送離帝都。

帝都本家裡的人聽到這道命令，簡直是個個歡天喜地，巴不得她快快消失，免得繼續敗壞家族名聲，連帶害他們在帝都也抬不起頭。

雖然被當成家族恥辱、又是個呆呆笨笨的傻子，但是端木玖從出生到現在十五年，其實從沒吃過什麼苦，也沒有真的被誰欺負過。

在帝都的時候，有北叔叔照顧、有被譽為家族天才的堂哥——端木風照看著，沒人敢隨便欺負她。

被趕離帝都後，堂哥跟著一路護送她到這裡，之後也沒回帝都的本家，就決定到大陸上歷練，除非是族長特別傳召，否則就不回帝都。

而到達西岩城之後，北叔叔仍然一直陪著她。

即使是一個傻子，身邊隨時有一個天魂師的高手保護著，在這種地域偏遠的邊城，也是可以橫著走的。

這種情況，一直持續到三年前。

身為嫡系子孫，即使是個傻子、又被驅貶到邊城居住，她還是有固定的家族配給月例。

月例裡，有錢財、也有修練資源或等價的物品。

但自從三年前西岩城管事長老換了人，她的月例一下子全被收繳！

不只如此，在三年之前，北叔叔還常常帶她出門；但新管事長老來了之後，只要一遇上北叔叔，新管事長老就常常找他麻煩，跟新管事長老一起來的一雙子女則是找端木玖的麻煩。

為了她的安全，北叔叔只好少出門，避著新管事長老。

其實北叔叔身為天魂師，並不怕對上端木家族的任何人。

但是考慮到可能會有人對她動手，這座邊城又屬於端木家族管轄，他再強，也只是一個人。

所以北叔叔忍了下來，不再和端木家族往來，正式成為一名自由傭兵，固定在傭兵工會接受任務，賺取傭金來養活他們兩人。

當北叔叔外出進行傭兵任務時，就會請人來照顧她。

幫她做飯的少女是一個，趁她昏迷的時候跑掉的那個也是。

她們兩人，一個負責做飯打掃家裡，名字叫哈娜；一個負責陪她、每天固定時間帶她出外散步，名字叫哈麗兒。

其實要照顧她，並不需要兩個人，會做這種安排，只是為了預防萬一，讓她身邊時時刻刻都有人守著。

萬一有人真的趁他不在的時候敢來欺負她，那麼至少也有人陪著她，順便做人證。等他回來，自然會找人算帳。

事實證明，北叔叔的顧慮還是很有道理的，只可惜他沒想到，他請來看護她的人，居然會變成送她出門讓人欺負的幫兇。

「端木家族的傻子，端木玖小姐，沒有修練天賦，被厭棄，但是有從她出生開始就一直照顧她的護短奶爸，還有一個護妹的堂哥……綜合看起來，身世有點淒涼、不過生活不算慘。」

當然，這是因為端木玖身邊有一個「北叔叔」在。

如果沒有一個天魂師級的高手護衛，她在這裡能不能平安活到十五歲，就真的是個謎了。

對於自己的身世，端木玖很坦然地接受了。

經歷過十幾年的現代文明、經歷過四年的末世、再加上十幾年的傻子生活，什麼被本家驅逐、什麼傻子廢材的，完全不在她的煩惱範圍內。

她現在最重要的事，是怎麼在這個有點陌生的大陸上好好活下去。

即使有北叔叔在，這個世界也是危險的，她得有一點自己的實力才行。

就算是傻子，也要讓別人不敢欺負她；就算不是魂師、也不是武師，也要讓那些人不敢看輕她。

立定目標，大概弄清楚自己的狀況，其實端木玖心裡還有一些疑惑——

例如：她的父母。

她印象裡沒有父母的影像，卻也沒有人肯定地對她說，他們死了。

只有北叔叔偶爾說過：「小姐，主人和夫人都很疼愛妳，妳是他們唯一的女兒，不能陪在妳身邊、照顧妳長大，他們也很難過……」

又例如：她真的不能修練嗎？

那天她被打傷昏迷，額頭上的重擊、身體各處的拳打腳踢，雖然骨頭沒斷，卻有幾處骨折、內出血。

這樣程度的傷，就算是在醫療發達的二十一世紀，也要住院觀察幾天，好好休息做治療。

但是她只打坐一下就完全好了！

這樣正常嗎？

據她所知，這個大陸的人好像不怎麼使用醫藥，受了傷，魂師與武師都能依靠自身的修為自動痊癒——真是好方便。

她既不是魂師、也不是武師，還痊癒得那麼快……這要是算正常就有鬼了。

所以，會不會是功法的問題？

前世，她接受過部族傳承，經歷過各種武術學習與末世的異變。

現在再來魂力和戰氣，她也只是驚了一下下，就淡定地接受了。

有疑惑，以後弄懂就是了。現在，要好好在這個大陸上生存，她得先明白自己有多少籌碼。

基於沒有錢寸步難行的前世至理名言，先來盤點她的財產。

首先，在她的右手指上，戴著一枚隱形戒指。

印象中，這是她一直戴著從不離身的東西，除了北叔叔，端木家沒有任何人知道。

另外，她的右手腕上戴著一個白底金紋的手環。

這個她有印象，是堂哥端木風在她十歲生日時特地來幫她慶生，送給她的生日禮物。

這個手環的外表看起來普普通通，像是一個戴著好看的裝飾品，但事實上它卻是個難得的儲物手環，必須滴血認主才能使用，裡頭還放著一些堂哥在託人打造之初就放進去的，送給她的小禮物。

其中有幾樣小巧卻實用的武器，她特別喜歡。

目前這兩樣東西，就是她身上最重要的財產了。

趁著這兩天，她也開始鍛鍊自己的身體，卻意外地發現，其實她的體質很不錯，可惜前世覺醒的異能似乎沒有了。

雖然不知道能不能成為武師或魂師，但是修練她上輩子的傳承功法，卻是沒問題的。

九黎族傳訓示之一：無論身在哪裡，讓自己有自保的能力，這是生存的第一要務。

大概了解自己現在的狀況後，端木玖開始考慮實際的問題。

首先，這個世界看起來處處要打架，在自身實力還不夠的現在，她需要再多備一些防身的武器，最好能找到材料自己做。

還有，她身上的衣服也要換一換……

這些都需要錢。

在天魂大陸上通用的貨幣是：金幣、銀幣、銅幣。

一金幣等於一百銀幣，一銀幣等於一百銅幣。

另外，還有一種錢幣計算單位，稱為「晶卡」。以一千金幣為單位，可以自商會或傭兵工會中換得。

天魂大陸上的生活物價不算高，一千金幣已經可以算是有錢人，「晶卡」的存在，在某一個方面來說，等於是彰顯了個人的財務實力，同時也讓人免於出門攜帶大量金幣的麻煩。

在大陸上，能儲物的物品還是很珍貴的，同時價值很高。

而她身邊現在有的東西：儲物手環很值錢、儲物手環裡的東西很值錢，但偏偏沒有最實用的金幣。

不管在哪裡，沒有錢真是萬萬不能啊……

想到這裡，端木玖從牆上跳下來，表情有點苦惱。

「玖小姐，妳怎麼又爬牆了！」準時端著飯食進院子的哈娜，正好看見她從六呎高的院牆上跳下來，立刻緊張兮兮地叫道：「小姐的傷剛好，要好好躺在床上休養，不能亂跑啊！」

她真不懂，為什麼小姐不傻了之後，特別愛爬高高呢？

不只是牆，連樹幹、屋頂、樑柱……什麼能爬不能爬的東西，小姐統統爬過了。

最讓她佩服的是，小姐居然爬上爬下無比伶俐，不要說摔下來，就連手腳滑一下下的驚慌都沒有。

難道人不傻了連手腳都會變得很俐落？

「我沒事。」看到她，端木玖就想起來了。

北叔叔應該有留生活費給她的吧？而且還不少……

「小姐，還是回房休息吧，我做好午飯了。」哈娜勸說道。

她總覺得，小姐從那天醒來後，雖然每次說話的語氣都淡淡的，但就是讓她不由自主地感覺到敬畏，不敢太放肆。

莫非這就是那種大人物的威嚴？

可是小姐的身體那麼弱……真的不能亂來。她要對得起北大人付給她的金幣，盡責提醒、好好照顧玖小姐。

「好。」端木玖點頭，回房了。

再一次吃著不怎麼美味的食物，端木玖已經能面不改色了。

「下午我不在，晚上妳再來做飯就可以了。」吃完飯，端木玖說道。

「啊，小姐要出去？」

「嗯。」

「可是麗兒沒有來，小姐一個人出門太危險了。」哈娜直覺地說道。

「有她在，我更危險。」

「呃……」哈娜想到前幾天小姐被麗兒扛回來的樣子。「那，小姐，妳想去哪裡，我帶妳去好了。」

「不用。」

「可是，小姐一個人出門，真的不安全，也不一定認識路；再說，小姐妳出門要做什麼？」說到最後，變成好奇了。

「北叔叔留下的生活費呢？」端木玖不答，反問道。

「在麗兒那裡。」

端木玖看著她，突然輕輕笑了一下。

「所以說，呆呆被欺負、被欺負了不討回來，真不是我的風格。」

「啊？」那抹笑容讓哈娜看呆了，反應慢半拍。

「就這樣決定。」起身，很帥氣就走出門。

「……欸?!」哈娜繼續看呆。

小姐說的那句話，好深奧，什麼意思啊？

第二章　擺脱貧窮先要債

初秋的天氣，應該帶著一點涼意。

但西岩城的風吹起來，卻隱隱帶著一股溫熱。

天魂大陸上同樣一年有四季，但四季的變化在西岩城並不明顯，這完全是因為在西岩城東邊的山脈裡，就有一座火山，周圍百餘里長年赤地高溫。

幸好西岩城距離那座火山有三百里遠，這才不至於熱得讓人難以生存。

端木玖所居住的宅院，位在西岩城的城西，是許多普通人居住的區域。

也因為是普通人，住在這一區的人多半在一大早就會出門幫工，到晚上下工才回家，所以大白天中，街巷裡也就沒有多少人走動。

端木玖一個人緩緩地走著。

這一區的街道，北叔叔帶她走過很多次。

當初北叔叔選擇在這裡居住，是為了還是傻子的她著想。

普通人，大部分的時間都在為自己的生活而忙碌，比較不會有那麼多爭強鬥狠的心思。

相對來說，心思比較單純，也比較不會故意欺負人。

在尋找可以照顧她的人的時候，他就特地選了同住在這一區的人，以便就近照顧她。

北叔叔什麼都為她著想，就連選人陪著她也是費盡心思。

為了讓她們盡心照顧她，就連給的酬勞都比別人多一倍。

哈娜和哈麗兒在北叔叔不在的時候，也照顧過還是傻子的端木玖很多次。

誰會想到，這一次就有人被收買了。

她依著記憶慢慢往前走，只走了不到一刻鐘，就來到一處小屋前，伸手推開虛掩的前門，她直接走了進去。

「誰？」聽見有人進來的聲音，在屋裡的哈麗兒走了出來，看見是她，忍不住瞪大眼。「妳——」

端木玖挑了挑眉。

「很驚訝嗎？」

聽見她開口，看見她臉上生氣盎然的神情，哈麗兒不只驚訝，是驚呆了！

「妳、妳會說話了?!妳不是……」傻子嗎？

「嗯，我會說話了，我不是傻子。」端木玖替她把話說完整。

「……」哈麗兒覺得心裡有點毛毛的。

一直見慣的傻子突然不傻了，而且說話流暢，一副聰明樣。

雖然她語氣一直很溫和，但就是這樣哈麗兒才覺得有點怕怕。

等等，她怕什麼？

就算端木玖不是傻子了，也還是個不能修練的廢物；她好歹是個五級武師，害怕一個廢物也太沒膽了。

想到這裡，哈麗兒定了定神，抬頭挺胸地反問：

「妳跑來我家做什麼？」

「要金幣。」

哈麗兒愣了一下，然後大笑出來。

「妳、妳……跑來我家……要金幣?!」哈哈哈哈，差點笑得喘不過氣。「妳……該不會不傻了，結果卻瘋了吧？」

「北叔叔留下生活費，還有預先支付給你的酬勞，我不該來要回嗎？」隨便她笑了半天，端木玖就是很平靜地反問。

「妳休想！那是我的！」說到金幣，哈麗兒立刻退後一步，也不笑了，滿臉警戒地看著她。

「妳有兩個選擇：第一，自己把金幣交出來。第二，被我揍了之後，金幣還是要交出來。來，選吧！」

哈麗兒目瞪口呆地看著她，實在不明白她怎麼有底氣說出這種話。

就算她現在不是傻子，但憑她那大家都知道的廢物體質，想把她打得交出金幣？

端木家的九小姐不會人不傻了、結果變成瘋子了吧?!

但是她看起來也不像瘋了呀。

「妳……真的是九小姐?!」哈麗兒很懷疑。

不會是被什麼給附身了吧?

「選擇?」端木玖直直看著她。

她……真的一點都不傻了。

以前，她對任何事都木訥得完全沒反應，只會跟著別人做、跟著別人走，眼神懵懂無神。

現在，她的眼神卻很清亮，眼裡彷彿有著能懾人的光芒，哈麗兒被她看得很心虛。

「那些金幣是我的，我才不會讓給妳!」

「很好。」端木玖身形瞬動，抬腿一掃!

「砰」的一聲。

哈麗兒還來不及看清楚，就發現自己竟然飛起來了，而且是直接朝後飛。

然後又是一聲「砰」!

她撞上屋門後掉下來了，趴在地上。

肚子一陣劇痛!

「呃……唔……」她肚子痛得臉都白了，還有點搞不清楚發生了什麼情況。

端木玖站在她面前，低頭看著她。

「金幣。」

「妳……妳……」哈麗兒嚇到了。

她、她被九小姐揍了?!

一個廢物的動作怎麼會那麼快！她都沒看清楚！

端木玖看著她，突然表情一頓，轉回頭：

「出來。」

「小……小姐。」哈娜的臉，偷偷探了進來，一手還摀在嘴巴上，就怕一放開自己就忍不住要驚叫出來。

她剛剛看見什麼了?!哈娜的眼還瞪得大大的。

「妳一直跟著我。」從端木玖一出門開始，就知道有人在跟著她了。

「我、我怕、怕小姐、姐迷路……」哈娜還沒完全驚嚇完，所以說話結結巴巴的。

雖然小姐不是傻子，可這也是小姐第一次出門啊！哈娜不放心、又阻止不了，只好跟著來了。

結果卻看到讓她差點驚呆到回不了神的事實。

體弱嬌小的小姐，她，一腿，踢飛了麗兒。

好神！

端木玖不再理會她，轉向哈麗兒。

「金幣。」端木玖重複一次。

聽見這兩個字，哈娜崇拜的眼神，頓時有點崩裂。

外表看起來很細緻漂亮、很嬌弱、偏偏又很有威儀的、美得不像凡人的小姐，一臉認真地——在討債。

不像凡人的小姐怎麼會跟人要錢要得那麼順?!

這畫面……實在讓哈娜有種想默默摀臉的衝動。

「我、我……」哈麗兒想跑走，可是痛得爬不起來。

「哈娜，把我們的金幣拿回來。」

「是，小姐。」聽到命令，哈娜立刻照辦。從哈麗兒身上搜出一袋金幣，打開數了數。

雖然有點對不起麗兒，可是這金幣本來就是北大人留給小姐的，是屬於小姐的，麗兒不能強占。

依據每天的花費，哈娜很快算了出來。

「小姐，少了五枚金幣又六十枚銀幣。」

「進屋裡，拿足夠五枚金幣又六十枚銀幣的賠償出來。」端木玖說道。

「啊，這樣好嗎？」哈娜呆了一下。

「五枚金幣加六十枚銀幣，多不多？」

「很多。」哈娜毫不猶豫地說道。

一枚金幣，等於一百枚銀幣；而一枚銀幣，就足夠哈娜吃很好地過兩天。

有五枚金幣，她都可以足足兩年不工作，再多剩很多私房錢。

「所以，去拿回來。」

「是，小姐。」把那袋金幣交給小姐，哈娜就進去屋裡找東西，不一會兒又匆匆跑出來。

「小姐，我找到另一個裝金幣的袋子。」

「拿六枚出來。」

「好。」哈娜照做。

「不可以……那是我的……」哈麗兒躺在地上哀哀叫。

「我記得，北叔叔離開之前，還先預付給妳們，每人一枚金幣的酬勞。」端木玖記得很清楚。

北叔叔在出門之前，都會把他留下的東西，特地說給她聽。

「是的。」哈娜點點頭。

「那就再拿一枚金幣出來。」

「是，小姐。」

端木玖看向哈麗兒：

「那天打我的人，是誰？」

哈麗兒瞪大眼。

九小姐記得?!

那時候她就已經不傻了嗎？

「先告訴妳，我的耐性不太好，如果妳不肯說、或者需要考慮很久才說，那也沒關係，這個，就當成是妳不說的賠禮了。」端木玖拿過哈娜手上那個比較精巧的錢袋，對哈麗兒說道。

「不，不要；九小姐，求求妳把它還給我。」哈麗兒很緊張。

那個，是她全部的財產啊！

「嗯？」那還不回答。

「他們……他們是端木連少爺和端木晴小姐，是端木家族派來西岩城的管事長老的子女。那天是他們威脅我、硬是要我把妳帶過去，不然就要讓我活不下去，我也是沒辦法，我不是故意要害九小姐的……」哈麗兒結巴地說道，眼睛一直看著那個錢袋。

原來是他們。端木玖想起來了。

其實之前她也見過那兩兄妹，只是這幾天忙著消化自己的記憶和練身體，一時把這兩個人給疏忽了。

「端木連說：『就算他想管，也要他有命回來。』這句話是什麼意思？」

「我……我不知道……」

「他，是指北叔叔嗎？」

「我……我真的不知道，九小姐，請原諒我……」事關長老的兒女，哈麗兒哪裡敢說太多。

「嗯……不知道啊，那金幣……」端木玖甩了甩錢袋。

「不要不要，我說我說。」哈麗兒欲哭無淚。「我、我是真的不知道，但是我猜……應該是吧。我聽說，北大人他們這次接的任務危險性很高。我只知道這些，其他的事我真的什麼都不知道了；小姐，求求妳，把錢袋還給我……」

端木玖這才把錢袋給哈娜，讓她還給哈麗兒。

哈麗兒一拿到錢袋立刻抓緊緊，一副很怕再被搶的表情。

「妳聽好，本小姐算帳一向清清楚楚，傭兵工會那邊，等北叔叔回來，會註銷妳的任務，妳做過的事，就到此為止；那四十枚銀幣，就當是妳勞動本小姐親自來要債，所以賠給本小姐的走路費。以後，如果妳再敢帶人來找我的麻煩，那本小姐就讓妳『永遠都不必麻煩』了，懂？」

哈麗兒一呆。

「小姐，什麼是『永遠都不必麻煩』？」哈娜聽不懂。

「死人。」

簡單兩個字，哈娜又瞪呆了眼。

端木玖淡淡再看向哈麗兒，哈麗兒一抖。

「懂了嗎？」

「……懂、懂懂懂。」哈麗兒連連點頭。

九小姐的眼神，好、好有殺氣……

「很好。哈娜，我們走。」端木玖轉身，粉色的外袍在她身後旋出一個漂亮的弧度，隨即大步離開。

「啊，小姐，等等我，妳要去哪裡啊？」

「買東西。」

雖然粉色很美，但是這顏色真不是她的風格。

所以，換！

花了一個時辰，端木玖把衣服和一些用不慣的日常用品，統統重新買過。

衣服？

買。而且不止一套，除了幾套不同顏色的女武士裝，另外還買了兩件附帽的黑衣斗篷。

不管武士裝怎麼穿，只要套上這斗篷，保證可以讓人從頭黑到腳。

鞋子？

買。而且要好幾雙。

杯子碗盤？

買。大大小小隨便挑十幾個。

食材？

買。選來選去外加柴米油鹽一堆。

哈娜跟在後面看得目瞪口呆。

小姐好會買東西。

小姐買好多東西。

等到全部算完帳的時候，哈娜終於回過神。

小姐買好貴的東西，金幣嘩啦嘩啦地花，一下子就用掉了袋子裡一半的金幣，哈娜看得心在滴血。

「小姐……」

北大人最快也要一個月後才會回來，小姐這樣花金幣，她們的生活費會不夠用的。

「只能用這些暫時充數了。」語氣不是很滿意。而且端木玖也發現，原來所有的東西裡，能吃飽的食材是最便宜的。

從這點上來看，天魂大陸被治理得不錯。

人若不能吃飽，哪還能想其他的事？

所以吃食的低物價，足夠讓所有人不會因飢餓而鬧出什麼事；只不過論起美味度……

想到這幾天吃的，不是沒味道、就是味道不對、或是味道太重的吃食……真是不想也罷。

哈娜則是被九小姐的闊氣和挑剔驚得瞪大眼。

這些還不夠好?!

端木玖直接在成衣舖換上新買的衣服，就連頭髮也直接重新束綁過。

等她從更衣間裡走出來的時候，哈娜又看呆了。

武士裝，是合身的剪裁、便於活動，外罩一件長外袍。

不過即使同樣是武士裝，也有分漂亮好看和樸素結實耐穿兩種。

換掉從裡到外柔和的淡粉色與輕盈飄逸的衣衫、不選漂亮美觀的，端木玖選擇了樸素耐穿的布料，款式挑了以白為裡的暗紅色武士裝，延伸到雙臂、護腕，最後是同色系的斗篷覆蓋住合身的武士裝，足踏一雙同色系的護靴。

一頭超過三尺長的黑色長髮，拆掉所有的髮飾，只簡單以暗紅色的髮帶束住，繫成蝴蝶結，自然隨著髮絲垂落。

簡單，俐落。

粉色的小姐，很精緻美麗，像一個很漂亮的娃娃，讓人想照顧疼愛。

暗紅色的小姐，還是很精緻美麗，可是更顯得精神奕奕、英氣勃勃，讓人的眼睛不由得跟著她轉。

連成衣舖裡的管事和招待人員都看呆了。

「那是端木家的九小姐？」

「好像是。」

「可是她看起來一點都不傻啊。」

「……」所以他們才會看呆了呀。

但他們真的沒看錯？

明明是同一個人，只是不傻了、又換了套衣服，怎麼會變化這麼多？

太神奇了！

難道暗紅色的武士裝穿了就會有這種效果？那店裡要不要多進幾套？

然而這種顏色，端木玖只是勉強滿意而已。

她看了全店鋪的衣服，也找不出一套像火一樣顏色的武士裝，只有這個算最接近了。

所以只好選這套。

至少它，比粉色讓她滿意多了。

雖然有點對不起北叔叔的審美觀……但還是希望北叔叔看到的時候不會太難過。端木玖內心汗汗地想。

「哈娜，走了。」換好衣服，該走了。

「好！」哈娜最高興聽到這句話了，立刻一把將小姐的戰利品統統抱起來，跟著小姐立刻離開充滿花金幣罪惡的成衣鋪。

小姐終於不花錢了，還有一半的金幣，應該夠撐到北大人回來……

哈娜才在自我安慰地想著，誰知道才走出成衣鋪沒幾步，小姐看到一間武器舖，就立刻鑽進去了。

「歡迎，請慢慢看。」一見到有客人來，站在櫃檯後方正在整理木箱的男子只招呼了一聲，連頭都沒抬。

「小姐……」哈娜跟在後面，很想拉小姐走——但是沒膽。

這家武器舖雖然只是普通的小武器舖，但是對哈娜這樣收入不多的武師來說，也是高級店舖了。

端木玖沒有理她，只是走了一圈，把武器舖裡擺出來的武器大略看了一遍。

天魂大陸雖然是她從不知道的異時空，但是論起武器，好像不論在哪個地方都差不多。

就她看起來，就算很多武器的形狀和華夏古代不同，但都屬於冷兵器。

刀、劍、弓、槍……等等，大概看形狀就都可以辨認出來，店舖的兩邊掛出來的兵器外觀看起來都幾乎一樣，不過擺在左邊的數量上顯然比右邊的少，而且左邊架上的兵器，在執柄的部位，刻意留下一個大約兩公分正方的凹槽。

另外在店舖大門兩邊的角落、與櫃檯兩邊的角落，則擺著一些櫃子，放著各種不同的礦石與半成品。

端木玖盯著凹槽看了好一會兒，才終於想起來。

對了，北叔叔說過，大陸上的兵器分為兩種，一種是普通的，一種是有等級的；而有凹槽的，通常就是有等級的兵器。

一看標價——右邊的一把刀，標價：二百金幣。

左邊的一把刀，標價：二千金幣。

簡直坑金幣！

回想一下自己袋子裡的金幣數量——連右邊那把刀的一個小刀柄都買不起……

幸好她現在還不缺兵器，不過……

她的眼神轉向櫃檯上的那個木箱裡的石頭。

「這位大哥，這些也是要賣的嗎？」端木玖走向前問道。

「是啊。」

「那怎麼賣？」

「木箱裡的石頭，一顆一金幣。」男子報價。

「可以買十送一嗎？」端木玖立刻講價。

哈娜聽到覺得很欣慰。

小姐總算知道要省金幣了……不對，小姐要買十顆?!

男子這才抬起頭，想看看是哪個不長眼的竟然殺價殺到他的店裡來——咦？

這一看，他突然很認真地看著她，然後，眉頭微微皺了起來……

「小姑娘很眼熟……」啊！「妳是阿北家的小姑娘?!」

阿北家……

端木玖眼角抽了一下，也打量著男子。

本來她還以為這是一名中年男子，現在看起來，雖然男子留著一腮的鬍碴，但年紀看起來真的沒到中年——等等，好像在天魂大陸，愈有實力的人就愈看不出年紀，所以這男人也有可能年紀很老了。

「你是指——北叔叔嗎？」端木玖反問。

她都不知道北叔叔竟然有這種「小名」……

「阿北，北御前。」男子臉上開始有笑容——雖然在男子這張有鬍碴的臉上，再怎麼笑也看不出帥氣。

這不是說男子長得不好看，相反的，男子的身形高大壯碩、五官立體分明，膚色不白也不黑，有種小麥色的結實；長相雖然不算英俊，但也不是長著像那種壞人的橫肉臉、或是長著很兇的恐嚇臉。

基本上，男子長得還滿正氣的，只不過一開口，就完全背叛了他長得那麼「正氣」的那張臉，反而充分把自己的隨興和大而化之的個性表現出來了。

「嗯，我是端木玖。」阿北家的小姑娘……真抽的代稱。

「欸，可是妳不是……」中年男子頓時又疑惑了。

雖然他跟北御前是很熟的「酒友」，但是也只見過小姑娘一、兩次，他還記得，小姑娘明明是——

「傻子。」看男子那麼糾結，端木玖替他說了。

男子反而不好意思了，立刻轉移話題：

「妳怎麼自己跑出來了？」

阿北家的小姑娘還有另一個很有名的——廢材名號啊！又長得嬌滴滴的，自己一個人跑出來多不安全！

「我出來買東西。大叔，你還沒回答我，可不可以買十顆送一顆啊？」

「可以。」是阿北家的小姑娘，送一顆石頭而已嘛！沒問題。「我姓仲，名奎一，不要叫我大叔。」就算他留著鬍子，也不代表他很老，他還很年輕呢！

「仲叔叔。」端木玖從善如流地開口。

想到阿北也是「叔」字輩，仲奎一勉強接受這個稱呼。

「妳是阿北家的小姑娘，我另外送妳一件武器當見面禮，店裡擺出來的妳可以自己選。」他很豪爽地說道。

「謝謝仲叔叔。」端木玖也不客氣，立刻挑好右邊普通武器中一把大約一呎半長的黑色小劍，然後又挑好十一顆石頭，付了十枚金幣。

哈娜的心在淌血……

「妳怎麼沒有選左邊櫃上的兵器？左邊的威力比較大喔。」仲奎一好奇地問，順便提提醒一句。類似的小劍，左邊也有一把。

「這把黑黑的，我比較喜歡；那把太亮了，我不愛。」

「……」多麼奇葩的答案，仲奎一嘴角抽了好幾下。

比較喜歡黑黑的，不喜歡亮亮的——阿北家的小姑娘審美觀實在是……

「而且這把劍很利啊，我喜歡！」端木玖拿起那把小劍，順手揮了兩下——很像那麼一回事。

「……」小姑娘的直白讓仲奎一又一陣無語。

好吧，她喜歡就好。但是他又想起來另一件事：

「對了，阿北家的小姑娘，妳怎麼好了的？阿北知道嗎？」

「前幾天，我被人欺負，撞到頭了。」端木玖還比了一下自己的額頭。「昏了很久又醒過來，我就好了。」

「是誰欺負妳，告訴我，我幫妳報仇！」仲奎一氣憤起來。

好歹他跟阿北有交情，他家的小姑娘被欺負了、他又不在，身為好酒友，自然要幫他把人欺負回來。

「不用了，報仇要自己動手才有樂趣。這種小事，就不麻煩仲叔叔了。」端木玖笑咪咪地說。

仲奎一很奇特地看了她一眼。

自己報仇是很好，但是小姑娘好像沒有實力啊……不過，基本上他是很同意小姑娘的說法的。

就算實力不夠，至少心態不能先認輸。

「好吧，妳自己來；不過如果有需要，妳隨時可以來找我。」仲奎一也不糾結了，很豪氣地說。

阿北家的小姑娘有志氣，他喜歡！

「謝謝仲叔叔，那我先回去了。」把東西收好，端木玖離開武器店。

「小姐，我們……」看到小姐終於要走了，哈娜立刻跟出來，滿懷期待。現在要回家了嗎？

「那家雜貨舖好像很有趣，我們再去逛逛。」端木玖很快又看中新目標，跑到斜對角的雜貨舖去了。

「小姐……」哈娜又一次內傷了。

小姐在雜貨舖裡買了一堆她不知道要做什麼用的東西，這些東西裡竟然還包括帳篷什麼的；小姐一直看、一直拿，直到結帳時，竟然把袋子裡的金幣全部花、光、光。

哈娜呆滯著表情。

「唉，沒有金幣了，現在我們只能回家了。」端木玖嘆了口氣，她真的好貧窮啊。

哈娜：「……」

她一副「心如死灰」的表情逗笑了端木玖，兩人一起走回家，哈娜才把手上的東西一放下，就聽見端木玖又說道：

「哈娜，從明天開始，妳每天找時間去傭兵工會一趟。」

「啊？」要做什麼？

「留意傭兵工會每天發布的新任務，還有，注意和北叔叔接的任務有關的傳言或消息。」

「哦，好的。」雖然想不明白原因，不過哈娜還是點點頭。

「這些杯盤和食材妳整理一下。我現在回房，如果我沒出來，就不要打擾我，做妳的事就好。」交代完，端木玖挑了幾樣東西帶回房，把門關上後，就坐到床上開始靜氣納息。

然後等到入夜後，萬籟俱寂的時刻，一道暗黑的嬌小影子，悄悄爬上屋頂，跳牆出門去！

西岩城，城東區。

根據北叔叔告訴過她的話，端木家族派來管理西岩城的管事長老，地位就相當於是西岩城的城主。

對外，西岩城依方向分有東、西、南、北四城門。

對內，西岩城的居住也分有東、西、南、北四區。

除了城西是一般平民居住的民宅區之外，城東是各富豪家族府邸的所在地，端木府也在這裡。

城南區有許多商鋪、酒館、飯館；城北區則有各種工會，包含傭兵工會，駐紮著許多自由傭兵與傭兵團。

夜晚的西岩城，除了城南區外，其他三區大致都很安靜，街道上也少有人走動，這大大便利了端木玖的行動。

而不走街道走屋頂，也加快了她移動的速度——沒事在家裡爬上爬下絕對不是太過無聊，而是在訓練自己的身手。

端木府也很好認。

在城東區一堆看起來富麗堂皇的豪華房舍中，占地最廣、大門最高的那一棟，就是了。

她記得，剛來西岩城那幾年，北叔叔帶她來過幾次。

雖然很久沒來了，不過她記得端木府裡大概的地形——這也是端木玖疑惑的一點。成為端木玖，她的記憶力……好得連她自己都覺得驚訝。

進了端木府，就聽見一陣「乒乒乓乓」的聲音，她立刻悄悄接近，遠遠看著。

只見端木府後院的練武場，一名少年與少女正馭使各自的魔獸戰鬥，而一名中年男子站在一旁觀看，不時出聲指點。

那兩名少年少女的戰鬥力……嗯，好像沒什麼看頭，不過代替他們打得熱烈的魔獸，威力就比較讓她驚訝一點。

魂師這個職業，高階魂師另當別論，但低階魂師最主要的戰鬥力，依靠的還是魔獸的等級。

這兩隻魔獸，本體的防禦性不說，一隻會吐火、一隻會啾嗚嗚叫，每次的叫聲都讓吐火攻擊的那隻魔獸不時甩一下頭，明顯是有點暈。

依據北叔叔曾經對她說過的魔獸種類：

這隻會吐火的魔獸，應該是一隻六星魔獸——火雲豹。

全身棕紅的毛色雖然看起來不是很純正，但是吐出來的火，卻是十打十的很有威力——可以把人燒成灰的那種。

「噗！噗！噗——」

一聲又一聲，火雲豹吐出的火團就在地上與練武場的牆邊，留下一團又一團宛如焦炭的黑色痕跡。

而另外一隻啾嗚嗚叫個不停的，應該是一隻五星魔獸——閃鳴雀。

雖然等級沒有火雲豹高，但牠速度快、叫聲具有攻擊性，除了閃避火團，牠不時還飛撲過去想啄那隻會噴火的豹形魔獸。

「啾嗚——」

「噗——」

在不傷及性命的前提下，這樣打起來大概是不會有什麼輸贏的。

不過時間一久，那名比較年輕的少女臉色有點蒼白，明顯是魂力不濟，所以受她馭使的閃鳴雀，能讓火雲豹頭暈的時候也愈來愈少。

北叔叔雖然對她說過魔獸的等級，但她卻沒有真正見過多少魔獸，所以對魔獸的實力不好判斷，但是以目前看到的威力來判斷，如果她的對手是這兩隻魔獸——

假如她的異能還在，贏的機率應該比較高。

但是現在嘛……很明顯的，她的攻擊力沒有魔獸高，閃躲雖然沒問題，但光是閃躲是贏不了的。

看來，在實力不足之前，武器她得再準備多一點，也要加強鍛鍊。

隱在黑暗中，端木玖把自己的氣息和身形都藏得很好，即使是實力已達天魂師的中年男人都沒有發現她。

可見得她前世學的傳承秘法，在這裡還是很有用的；這點發現，讓她安心了不少。

「好了，到此為止。」看到閃鳴雀漸漸沒了氣力，一旁的中年男子終於開口：「你們跟我來。」

等他們離開，端木玖才走出來，再觀察了一下練武場裡留下的痕跡，確定火雲豹的攻擊威力後，才悄悄又跟了上去。

端木府的布置，沒有什麼意外是不會做什麼變動的，所以循著三人離開的方向，她很容易就找到書房的位置，站在屋頂上，悄悄彎伏下身，掀開一點點屋瓦，她以身體擋住可能照射進屋內的光線，斂氣屏息，專注聽著。

「……連兒的天賦不差，實戰雖然還有些不足，但是基礎已經穩了，你多努力一點，盡量爭取在明年之前，再晉一星；晴兒也要多努力，先把自己的境界穩定下來。這些是本家那裡發來給端木玖的月例，平均分給你們，要好好修練。」將今晚的練習講評過一次後，中年男子才把東西發給他們。

「是，爹爹。」少男少女異口同聲。

這兩道聲音，聽起來真耳熟。

是找她麻煩的那對兄妹！端木連和端木晴。

那麼這個中年男子，應該就是被派來西岩城的管事長老，專找北叔叔麻煩的端木陽了。

「另外，爹之前得了兩樣東西，一件護甲、一件是紅鞭，都是接近兩星的武器，你們可以各選一件。」

端木連讓妹妹先選。

「我要鞭子。」端木晴喜孜孜地拿起紅色鞭子。

拿來抽人很適合。

「那我選護甲。」端木連將護甲套上身。「謝謝爹。」

「你們喜歡就好。」端木陽點點頭，摸了摸兩個孩子的頭。「修練上所需要的東西，爹都會盡量為你們準備，但我希望你們把心思多多用在修練上，增加實力，而不是把精力浪費在無用的人身上。過兩天，帝都本家就會派人過來，其他家族可能也會派人來，你們這兩天沒事不要亂跑，也不要再去找端木玖的麻煩，知道嗎？」

「呃……爹，您知道啊？」兩兄妹有點心虛。

端木陽只是淡淡看了兒女一眼。

要是連自家兒女做了什麼事他都不知道，還怎麼管理一座城？

「爹，別生氣嘛……」端木晴撒著嬌。

「我們只是教訓她一下，並沒有怎麼傷害她。」端木連說道。

「是呀，爹，我們有分寸的。」端木晴一副乖巧的模樣。

端木陽這才鬆開板著臉的表情，但還是訓誡道：

「我知道你們都對端木玖很不滿，但是她也就剩下嫡系這個身分，在為父的管轄下，她也別想再得到端木家給予的任何好處；等北御前也消失了，她一個傻子廢物，對我們來說連絆腳石都算不上。平常沒事的時候解悶逗一逗、甚至欺負她都可以，但不必為了她花費太大的心思，那是浪費你們的時間。」

「爹，我們知道了。」兩兄妹乖巧地回道。

端木連接著問：「爹，那邊的情況怎麼樣了？成功了嗎？」

「還不是時候。」

「那要等到什麼時候？」端木晴也問道。

「等那些傭兵團再替我們除去一些障礙，那邊的場面開始混亂的時候，才是出手的時機。」

「爹，我們不去嗎？」每年的這個時候，雖然是邊城比較危險的時候，但是危險也代表機運和收穫。

魔獸暴動時的獸潮，是獵殺魔獸的最好時機。

就算無法活捉魔獸，但是魔獸身上的晶核（獸晶）、皮、筋、骨等，也無一不是上好的資源，無論是拿來讓人煉製成器物或是轉賣給商會，都會是很好的收入。

「等本家的人來了，再一起去。」端木陽意味深長地說。

端木連立刻聽出父親有別的意思。

「父親，是不是發生了什麼事？」

「連兒，你來西岩城三年，最近這幾天，沒有發現西岩城有什麼不對勁嗎？」端木陽反問。

端木連這才仔細回想。

城裡的傭兵任務變多，很正常。

每年的這個時候，也是西岩城附近的森林裡，最容易發生魔獸異動的時候，很多出入森林的人需要護衛，或者趁著魔獸異動的時刻想收集什麼材料的，都會在這時候發布傭兵任務。

城裡來往的外人變多，這也不算異常。

在這個大陸上當傭兵的人很多，靠著傭兵任務維生的人同樣也多，西岩城任務多，外來接取任務的傭兵自然也就多了。

另外，商會舉行拍賣會、傭兵工會和其他家族的人來……這些都不算是太奇怪的事。

那還有什麼不對勁嗎？

端木連想不出來，只能對著父親搖搖頭。

端木陽也不失望。

他們來西岩城才三年，要不是之前正巧聽到有人提起一百年前的傳聞，他也一樣沒注意到。

「天氣變熱了。」

端木連兄妹一臉疑惑。

去年的這個時候，西岩城也一樣差不多熱啊。

「今年更熱一些。」端木陽說道。

端木連和端木晴還是滿臉疑惑。

身為魂師，開始修練後，體質也是慢慢隨著修為增進而改變。

只要不是熱到一動就滿身汗、或是冷到讓人直發抖的溫度，對他們來說都差不多。

而修為更高的人，天氣是寒是暑就更沒有影響了。

見兩個孩子還是不懂，端木陽乾脆直說了：

「西岩城雖然鄰近火山，但是因為距離遠，所以火山的溫度，並沒有影響西岩城太多；但是西岩城這幾天，卻一天比一天熱。」

本來入秋後，西岩城應該會涼爽一些，但是現在卻愈來愈熱，這就是反常。

只是他們平時對天氣的變化並沒有太留意，所以才會忽略。

「爹的意思是，火山可能要爆發了？」端木連立刻想到了。

「這也有可能，但更重要的是，火山異動，除了魔獸的異動也會比平常更大一點之外，更重要的是，有可能會出現火元素之類的寶物。」

元素寶物！

端木兄妹同時驚訝地倒抽口氣。

那是可遇而不可求的修練資源！

每一出現必引起大陸上一陣瘋搶，在拍賣會上飆到天價也買不到的東西！

「帝都本家會來人，就是因為這個原因吧？」端木連立刻想到了。

「不錯。」端木陽滿意地看了兒子一眼。

他的兒子，至少要有這種敏銳度。

「爹，如果真的有元素之類的寶物，帝都本家又有人來，只怕得寶的人，根本輪不到我們。」端木連很實際地說道。

「就算寶物拿不到，但是如果真的有元素之類的寶物出現，那麼想要的就不只是人、還有魔獸，這中間的搶奪，對我們也很有利。」端木陽說道。

獸潮在西岩城附近發生，他身為西岩城的管事長老，戰利品總有他一份。

搶不到寶物，也還有魔獸。

「可是……」

爹的話雖然沒錯，但是如果有元素寶物出現，又是在他們管理的地方，但他們卻拿不到……端木連怎麼想都覺得不甘心。

「連兒，不必急，現在我們的首要目標，是北御前。」

西岩城是端木家族管理的地方，只要在這裡家族中沒有人比他的實力更高，那就算他的實力在西岩城不是最強，其他人看在端木家族的面子上，也要禮讓他幾分。

「是，爹。」雖然還是有點不平，不過端木連還是聽話的。

「爹，那那個傻子呢？她很礙眼呀，我不要一直看到她。」端木晴拉著父親的袖子問。

「別急，等北御前的事解決，她就交給妳處置。」端木陽拍拍女兒。

「真的?!」端木晴一臉驚喜。

「爹什麼時候騙過妳？」

「我就知道爹對我最好了……」端木晴已經開始想像，要怎麼對付端木玖才能讓她最開心……

接下來三父子女的膩膩歪歪，在屋頂上的端木玖已經沒興趣聽了，所以悄悄把掀開的屋瓦蓋了回去。

一提氣，她整個人彷彿毫無重量般的躍到另一處屋簷上，往端木府的另一棟屋子而去。

這三個父子女這麼「掛念」她和北叔叔，真是太有家、族、愛了。

這份盛情不好好回報一下，實在有點對不起他們。

所以，在離開之前，端木玖特地到端木府的庫房裡繞了一圈——那間小雜貨舖裡的東西很實用，組合整理一下，就會變成某種好用的工具。

見識了一番端木府的庫房收藏之後，順手收了金幣、晶石、礦石等等之後，端木玖就有點遺憾地回家去了。

原來端木府也沒多富有嘛！

第三章　魔獸原來長這樣

「小姐，大消息！」哈娜匆匆從傭兵工會跑回來。

「什麼大消息？」端木玖坐在自己房前的小院子裡，有木桌、靠背木椅，再鋪上軟墊。

坐在大大的椅子裡，縮起腳、泡著茶、吃著自己做的甜點，再配上一本介紹西岩城附近的地埋志，看起來悠閒慵懶得不得了。

哈娜先對著甜點垂涎地瞄了一眼後，就趕緊回道：

「端木府遭小偷了。」

「……小偷？」

「嗯！聽說不見了一堆金幣和一堆晶石，還有一些獸骨和獸皮、各種礦石等等，管事長老發了好大的脾氣，一直在罵人；不過，幸好真正有價值的武器什麼的一樣都沒有少。」不然，端木府就真的什麼值錢的都沒有了。

端木玖聽完，將一個甜點盤推向前，示意她坐下來，哈娜頓時神情一亮，立刻就坐，然後開始吃面前的點心；完全不知道，在她口中很有價值的武器，是某小姐眼中最沒價值的東西。

「這是今天的最新消息？」

「嗯！」哈娜嘴巴在忙，只好用力點頭。

端木玖有點無語。

她都從端木府逛回來三天了，到現在端木陽才發現庫房有狀況，會不會也太遲鈍了點兒？

「還有，聽說帝都本家，還有其他家族和別的工會一些有名的人，最近這兩天都來了。」吃完點心，哈娜繼續說道，一邊還很難克制地繼續瞄其他盤子裡的點心。

看著點心，哈娜簡直是開心垂涎又慚愧。

在小姐醒來的這幾天，她第一次知道，原來點心可以做得這麼鬆這麼軟這麼好吃。簡直就是多一分味道太重，少一分味道太淡，一切都是那麼的讓人——吃了之後還想一吃再吃。

相較起自己堪堪能吃飽而不會吃壞肚子的廚藝……哈娜娜默默汗了好幾把。

再想到小姐本來什麼都不會，卻在房間裡待了一天之後，就做出一個四方形會發熱的箱子，然後再把一堆食材醬醬釀釀，塞進箱子裡、過一段時間再拿出來，然後切一切、裝飾一下，那些食材就變成現在這樣好看又好吃的點心了。

小姐這絕對是無師自通！

哈娜對此一邊崇拜得不得了，但是又一邊默默地掉淚了。

小姐不傻之後，就變好聰明又好能幹，哈娜沒有用了……

「傭兵工會那裡，有什麼特別的事嗎？」端木玖一看她的表情，就又推了一盤甜點到她面前。

哈娜沮喪的表情立刻就沒了，立刻又吃了一口甜點，露出滿血復活的表情後，很認真地繼續報告：

「傭兵任務方面，工會那裡沒有出現什麼太特別的任務，但是關於獵殺魔獸的任務量變多，而且這幾天接任務的傭兵好像也愈來愈多，大家都往東城門外的森林跑，留在城裡的人反而變少了。」

說到這裡，哈娜又想了想。

「傭兵工會好像也有很有名的大人物來了，可是我不知道是誰。」這點讓哈娜有點失落，不過也沒有太難過。

哈娜有自知之明，她只是最基本的一星傭兵，凡是登記成為傭兵的人，傭兵等級就是這個。

所以就算每天去工會，她也只能在一樓大廳走一走看一看、聽聽別人說什麼，然後就回來報告小姐。

真正重大的消息或者什麼大人物，要是沒有公開出現，哈娜也是見不到的。

雖然哈娜打聽到的消息不多，不過結合端木玖那天晚上聽到的話，她就大概猜得出來那些神神秘秘的大人物在打算些什麼了。

「端木家那邊，還有什麼消息嗎？」

「端木管事很生氣，把整個端木家查得快翻過來，還是找不到任何線索。我聽到有人說，本來管事根本沒想把這件事宣揚出來，可是因為查找小偷的動靜實在太大了，這件事才傳出來的。聽說，因為這樣端木管事的臉很黑很黑呢！」

想到在工會大廳裡，談論這件事的那些傭兵們臉上幸災樂禍的表情，哈娜忍不住一直笑。

這只能說，端木陽做人實在不怎麼成功。

所以他一倒楣，傭兵們就一個個熱烈地討論，免費宣傳。

「端木陽在西岩城的人緣……很不好？」她差點漏了這方面的消息。

「比上一任管事差多了。」哈娜老實地說。「端木陽管事不管去哪裡，就是一副很氣派的樣子，說話、做事、待人，都是一副『我是管事我最大、我來自端木家我的身分最高』的那種高高在上的模樣；除非遇到實力比他強、或者身分跟他差不多的人，否則他說話都是一副命令的語氣、不用正眼看人，很多傭兵其實都對他很不滿。」

西岩城裡的天魂師雖然不多，卻絕對不只有端木陽一個。

但是會用鼻孔看人、把其他人都當成次等人的，絕對只有他一個。

雖然這個大陸上崇尚強者、崇拜強者，但是那絕對不包括隨時隨地用鼻孔看人、實力又不是真的多強的人。

只是端木陽畢竟是端木家族派來的管事，大家不得不給他一點面子，再不滿，也只能忍。

「雖然端木大人很強，但是北大人實力更好，都沒有像他那樣驕傲得像全天下只有他最高貴……」哈娜愈說聲音愈小。

不管怎麼說，端木陽的身分還是很高的，一個天魂師的實力也足夠把她這個小小的武師給捏死了，所以背後說人壞話，哈娜還是有點怕怕的。

端木玖忍不住笑了出來。

「不用擔心，他不會聽到的。」

「嗯。」哈娜點點頭，鬆了口氣。不過反正都說了，哈娜還是忍不住想一次說個夠：「小姐，其實我也不喜歡連少爺和晴小姐。」

「他們兩個……做了什麼事？」端木玖喝了口茶。

「他們跟端木大人一樣老是用鼻孔看人……」哈娜嘀咕。

重點是，他們兩個人只是魂師啊，也不是真的多有實力——雖然比她有實力，但是這種程度的實力，在西岩城真的不算稀奇，沒什麼好驕傲的嘛。

偏偏連少爺和晴小姐就是——驕傲的派頭一堆。

出門絕對有人跟著，服侍的人一個都不缺，敢得罪他們的人就毫不客氣地動手教訓，打不過了，還會找端木大人來撐腰。

這種人會受人歡迎才怪！

「小姐，妳要特別小心他們兩個喔。如果可以，最好不要和他們見面，他們特別喜歡找小姐麻煩。」哈娜提醒道。

小姐不傻之前，才被他們打成重傷，絕對要注意。

「我會注意的。」端木玖唇邊勾出一抹笑意。

她當然會注意，他們兩兄妹欠她的帳，她還沒有去收呢！自然要好好記著。

「不過小姐也不用太擔心，連少爺他們還是很要面子，只要小姐不出門，他們不敢找到這裡來欺負妳的。」所以小姐沒事不要出門啊。

這是要她變成「宅女」嗎？

端木玖眼角抽了一下。

雖然她不介意當宅女，可是原因絕對不會是因為要避開那兩個兄妹。

不過現在，她恐怕是沒有當宅女的命了。

感覺到空氣裡愈來愈濃的熱度，這幾天需要的東西她已經準備得差不多了，身手就算沒有完全恢復到全盛時期，但是要自保應該不是太難。

現在那些大人物也都來了，也是她該出發的時候了。

「哈娜，這幾天謝謝妳，今天妳就回家去吧。」

「啊?!」哈娜呆了一下。

小姐要趕她走？

「這是給妳的酬勞。」端木玖拿出五枚金幣交給她。

「小姐，妳妳……」哈娜有點手足無措。

小姐要把她趕走？是她做錯什麼事了嗎？

不對，小姐不是把金幣花光了嗎？怎麼還有？

「拿著。」端木玖命令。

「喔。」哈娜乖乖收下，但是眼神還是一直瞅著她，好像即將被拋棄的小可憐。

「我打算出城，在我沒有回來之前，妳都可以不必再來。」

「小姐要出城?!不行不行，城外很危險的，小姐不能去。」哈娜的頭搖得跟博浪鼓似的。

「哈娜，妳要阻止我？」端木玖似笑非笑。

「呃……」小姐的笑，明明很漂亮，但是她的心裡毛毛的，勸阻的話頓時不敢說了。

「好了，先去做晚餐吧！」她輕聲笑道。

「是的，小姐。」雖然哈娜有點擔心，還想再說什麼勸一下小姐，不過小姐要吃晚餐了，所以她還是聽話得先跑去廚房做飯了。

她決定，今天晚上就守在小姐房門口，如果小姐堅持要去城外的話，那、那她陪著一起去好了。就這麼決定！

哈娜的表情完全寫白了她的想法。

端木玖輕笑了一聲。

這麼單純的人，實在是很少見了，該好好保護，所以去城外這麼危險的事，當然是——不給她跟！

◈

天色剛濛濛亮，西岩城的城門一開，想要進城和出城的人立刻將城門分成兩排人龍，人來人往。

一道披著暗色斗篷、嬌小又不起眼的身影，也隨著人流緩緩出城。

至於不久後城西區某個小院子裡是不是會響起什麼驚叫聲，則完全不在她的考慮範圍之內。

天魂大陸有兩大山脈，也是著名的森林險地。

一座由西北朝東南走向的，稱為西星山脈。

另一座由東北朝西南走向的，稱為東星山脈。

兩座山脈在大陸南端交接，與南端原本就存在的火山相連城一片天然的森林與火山的冒險地。

這樣的天然地形，以「V」字形大略將天魂大陸上的土地分為三個區域，分稱為東州、中州、西州。

其中最為繁榮富庶、人類群居最多的地方，便是中州。

而東、西兩州則各自不同的地理環境，生存環境貧瘠，大多成為各家族驅貶族人之地、或是歷練之地。

西岩城，便是位在西州的六大城之一，城外便是傭兵們最常出沒的冒險地，尤其是城東之外，相連著西星山脈成為一大片森林。

這片森林、與森林之後相連的火山地區，就是她的目的地。

出了城門，十里之內還可以看見幾戶相距不遠的民宅，每一戶民宅都在屋子四周建起一層圍牆，作為與道路之間的分隔，圍牆內的空地則方便種植一些蔬食，或作為晾衣曬糧之用。

圍牆外，則種植著一些易食的農作物。

農物、農舍，一片青山綠水的景象，看起來很像鄉下的農家。

屋舍的建法和城內建的一棟棟有著前後小院子的民宅其實很相似，只是土地大小差很多。

端木玖一邊觀察著，一邊和腦子裡存在的記憶相比較。

雖然她以前是傻子，但是北叔叔其實很常帶她出城，就連去森林裡打獵或執行任務的時候也會帶著她，一有空就對著她說西岩城的各種狀況，包括什麼東西有價值、什麼魔獸有什麼特性、什麼魔獸一惹可能就是惹了一群，最好一看到牠們立刻就跑——

所以她愈走愈慢，很快就與那些出城的人拉開距離，然後慢慢偏離大部分人走的道路，從另一邊進入森林。

到達森林入口時，已經是中午，她就先找個陰涼安全的地方，吃著自己預先帶著的乾糧，順便看地圖。

乾糧是自己做的，地圖是那天在雜貨鋪的戰利品之一。

聽說，傭兵工會裡也有附近森林的地圖，而且有詳細的區域劃分，連哪裡有可能高級魔獸的區域都會標示出來，提醒傭兵們進入要小心。

而她手上這份的，只是普通的地圖，主要能辨別距離和方向，至於危不危險——那得自己去了才知道。

雖然有點冒險，不過，她現在最不怕的，就是冒險了。

經過幾天的訓練和準備，她的身手大概能達到前世八成強度，現在就差實戰經驗。

這片森林，對現在的她來說就是最好的訓練地。

依照她進森林的方向，只要繼續往東南東方向前進，在離開森林的時候，應該就會看見一片赤地，那裡……

端木玖咬乾糧的動作停頓了一下，然後又若無其事地咬了咬，吞下去。

「在別人吃飯的時候來打擾，真的是很沒禮貌的行為啊。」

咕噥了一句，順手把剩下的半塊乾糧和地圖收起來，再把那柄仲叔叔送的黑色短劍拿出來。

「嗚喝……嗚喝……」

一頭成年的獨角地牛，緩緩從森林裡的方向走過來，龐大的身軀還擠彎了一棵樹。

牠兩眼緊盯著眼前嬌嫩嫩的人類，口水差點流滿地。

端木玖也打量著這頭牛。

說牠是龐大的身軀絕對是事實，牠的腿有一般成年牛的三倍粗，身體也有一般牛的兩倍大，看起來皮粗肉厚。

「嗚吼！」獨角地牛突然朝著她衝過來。

端木玖閃身避開。

地牛頓腳，回頭再衝。

端木玖再閃，手上的小劍還乘機在地牛身上劃一下。

「嗚吼吼吼！」獨角地牛吼聲頓時放大，但是被劍劃到的地方只有淡淡的一痕，連血都沒留。

「真是皮粗肉厚……」

端木玖還沒感嘆完，獨角地牛又衝了過來。

這麼一個衝、一個閃，端木玖沒有再攻擊，反而趁著閃躲的時候，了解獨角地牛的動作。

雖然身軀龐大，但是不得不說，獨角地牛的行動很靈敏。

端木玖閃躲的動作要是早了一點，牠一察覺、就立刻能改變方向，再度朝她衝過去。

如果她跳上樹，那更簡單了，牠直接撞樹——一下就倒。

因為這樣，附近至少倒了四、五棵樹，都是無辜被撞倒的。

「嗚吼嗚吼吼……砰！」一直吃不到人，獨角地牛怒了，前腳重重跺地。

「轟……」地面頓時一陣搖晃。

端木玖立刻扶著一棵樹站穩，獨角地牛一看又立刻衝過來，她眼神一瞇，縱身一跳。

「砰！」獨角地牛左側撞上那棵樹，頭暈了一下。

黑色的小劍瞬間從上而下削斷牠頭上那根觸角。

「吼哇——」獨角地牛痛得大叫，身體撞來撞去。

端木玖一擊成功後立刻跳開，正好避開被撞來撞去的危機，再一擊，直接將小劍從牠獨角被削斷後的傷口直插入腦袋。

「吼——」

獨角地牛痛得大叫，她立刻又退開。

獨角地牛搖搖晃晃又撞了幾下後，「砰」一聲，龐大的身軀瞬間倒地，腿腳抽了兩下，就不動了。

端木玖這才跳下來，緩緩走近，確定獨角地牛是真的死了之後，才把掉在一旁的獨角撿起來。

這種時候，是人最容易放鬆的時候，也最容易被偷襲。

端木玖從上輩子就知道這個道理，所以解決了眼前的危機，她不但沒有放鬆警惕，反而更加警戒四周，一邊快速將死掉的獨角地牛處理一下。

剝皮、取肉、剔骨、取獸晶……

這可是她來到天魂大陸第一次得到的戰利品，一定要物盡其用，把能吃的能賣的，統統收起來。

「毀屍現場，當然不能久留。」把整理好的部分統統收進儲物手環，最後再混亂現場的痕跡，她轉身就從另一個方向走人。

從頭到尾，都沒有發現十棵樹外，有一雙如紅水晶般清透的眼瞳，靜靜地把這場戰鬥從頭看到尾。

進入森林半天之後，端木玖就深深覺得，這完全是一場叢林生存戰爭。

接著，就是不斷見識這大陸上的魔獸的長相是如何的——脫離常識。

繼獨角地牛後，還陸續出現地行鼠、風鬚狼、地火豬、吸血蜂……

總的來說，這些魔獸們跟她記憶中的那些動物，就是長得有點像、又有點不像。

這些魔獸們最大的共同特色就是：體形都很、龐、大。

原來她第一隻遇到獨角地牛，還不算誇張，至少跟她印象中牛的體形大小，只差了一倍。

而地行鼠，那是她印象中老鼠的十幾二十倍大。

風鬃狼，除了四條腿、兩隻耳朵之外，根本長得不像狼，而且比她知道的狼，大約龐大了三倍。

地火豬，大小總算比較正常，只比她印象中的拜拜用豬大一點點，但她真的也沒看過腿那麼短、肉那麼多的豬。

最誇張的，是吸血蜂……一隻差不多就有一個手掌大，那根本是老鼠的尺寸好不好！

幸好魔獸雖然體形龐大、皮粗肉厚，又隻隻帶有那麼一點奇奇怪怪的特殊能力，但她前世遇到的那幾年末世，見到變異動物也差不多有這些奇奇怪怪的能力，所以對戰起來，對端木玖來說就是有點危險，但小心一點就不會有生命危險的程度。

唯一比較麻煩的，就是體形大這個難題。

不過只要避開正面衝撞，要打敗前幾種單獨行動的魔獸並不算困難，真正麻煩的是——吸血蜂。

一群看到血就瘋狂的蜂，一群每隻都跟老鼠一樣大的吸血蜂撲過來，那根本不是一柄小劍應付得了的啊……

所以吸血蜂一出現，端木玖當機立斷，立刻轉身——跑！

但這群吸血蜂看到她，就像貓看到魚，簡直就是想撲去咬住不放，居然追了她跑了整整一個多時辰，最後還是她找到一個水潭，跳進去潛水一段距離，讓吸血蜂再聞不到她的氣息，才終於擺脫這群「追求者」。

「呼！」鑽出水面，她吐出口氣。

真汗。

魔獸太兇猛，差點 hold 不住。

被吸血蜂追著跑太久，現在才發現天色已經昏暗下來，端木玖觀察四周，確定暫時沒有危險，才全身溼答答地爬上岸。

「哈啾哈啾！」

天色一暗，森林裡的氣溫就迅速降下來。

藉著天色暗沉的掩護，端木玖迅速換上一套乾衣服，再點起火，並且在四周撒上驅蟲粉。

就這麼一下子，天色已經完全暗下來，在林木茂盛的森林裡，除了點燃的小火堆，四周可以說是伸手不見五指。

簡單解決晚膳後，端木玖找好一棵看起來粗壯可靠的大樹，熄掉火堆後，就跳上樹，靠著樹幹坐穩後，就閉上眼，開始默默修練。

夜晚的森林漆黑寂靜，吹息可聞，突然間——

「砰！」

巨大的響聲在暗夜的森林裡猝然響起，伴隨著一陣地面搖晃，讓人聽得陣陣驚心。

端木玖立刻睜開眼，看見一片閃光自遠方迸射四方，讓人不得不遮起眼。

「砰！砰！」

響聲伴隨地震，一陣又一陣。

端木玖留意四周，聽見遠處傳來隱隱約約的雜亂聲響。

「那裡是？」

「山峰之間的峽谷。」

「危險！」

「快跑！」

「哇……吼……嗚……啊啊啊……」

強烈的白光與刺眼的紅光交閃迸射，不只引起森林中所有人的注目，也引起棲息在森林裡眾多魔獸們的驚慌。

匆促的逃跑與眾多魔獸的撲騰聲，使得暗夜本來應該寧靜的森林，頓時混亂得像雞飛狗跳。

但還是有膽大的人潛聲接近閃光爆出來的地方——

「轟——」的一聲。

「啊……啊……啊啊……」

紅色與白色的光芒沉然交擊，光芒交閃周圍方圓十里瞬間變成一片焦土，所有接近的人連反應都來不及，瞬間被轟成焦炭。

看到這種景象的人全都臉色一變。

「退！」

「快退！」

「越遠越好！」

雖然很想看熱鬧，但是生命更重要！

這種等級的交戰，絕對不是他們這樣程度的人可以隨便接近的，不退遠一點，只怕他們的下場就跟這些變成焦炭的人一樣了。

「這火……超出了我們所知道的任何一種火……灰飛煙滅成焦土……根本不算什麼……」

有人嘆著氣著說了這段話。

所有看到一片山峰變成焦土的人，當下個個臉色一緊，沒有任何遲疑，統統後退再後退。

焦土的範圍，便是戰場範圍。

而他們，離戰場愈遠愈好！

「砰！砰！砰！」

「鏗！鏗！」

「砰——」

激烈的交戰不斷，巨大的響聲不停，眾人是邊狂跑、還是忍不住邊回頭看。

結果不看還好，一看之下，腳下——跑得更快了！

除了紅、白兩色的光芒，怎麼又多出一道黑色的光芒?!

簡直是要逼死人！

最讓人吃驚的是，明明在這種黑夜裡，黑色的光芒應該是最讓人容易忽略的，可是他們卻個個都看得很清楚。

黑、白、紅，三色光芒交擊，地面頓時搖晃得更為劇烈，變成焦土的範圍，好像又更擴大了。

泥土的焦味、混合著草木的燃燒味、魔獸與人類屍體的焦灼味，漸漸四散傳開。

這種不是很好聞的氣味，讓所有人都皺著眉，表情凝重。

皺眉不是因為味道難聞，而是因為——離得這麼遠了都還能聞得這麼清楚，連那三色的光芒交錯也看得那麼清楚，交擊聲那麼清楚，腳下的山地更是不時一直搖晃著——

這交戰的威力該有多強啊！

與眾人所在的地方完全相反的峽谷另一側，在最初的驚訝過去後，端木玖淡定地看著那三道光芒。

巨大的響聲……當是敲大鼓了。

地面的搖晃……沒有盪鞦韆的弧度來得大。

至於閃爍的光芒……還比不上××煙火秀。

於是，對別人來說，震驚到足以變臉的對戰，在端木玖看來就是——不怎麼及格的特技效果。

……囧……

玖小姐完全沒有想過，要是地震可以比得上邋鞦韆，那就天翻地覆海嘯奔騰眾地成災了。

在這樣的大陸，眾地成災，就等於是天罰；天為什麼降下懲罰，一定是什麼什麼做了天怒人怨的事，連累到全大陸的所有人，天罰是誰都躲不了的，修練得再高等級也扛不住……

這樣的聯想，簡直要嚇死這班「原住民」。

幸好還沒到這種程度，不然另一邊躲得遠遠的人，就不只是變變臉皺皺眉而已了。

但儘管看起來不像天要塌下來，三道光芒持續將近一個時辰的對戰，戰場範圍的擴大卻是很驚人的。

森林變成焦土的面積範圍愈來愈大，讓原本以為已經跑得夠遠的人，不得不再退遠一點。

相反的，在峽谷另一側的端木玖卻沒怎麼退後。

即使那三道光芒離自己愈來愈近，她也只是順著森林被燒灼的範圍往後面一些，最後躲在一塊凸出的大石頭後面。

只掩去自己的身形，不管腳下踩著的草地變成焦土，河流寸寸乾枯——

端木玖有點心痛地看著河裡的魚都直接被烤黑了——簡直浪費！

那三道光芒儘管還離她很遠，但她卻是唯一還能在焦土範圍內停留的「生物」。意識到這一點，端木玖刻意掩斂了氣息，默默看著三道光芒愈來愈近。

別人是遠遠看到的心跳加速、臉色變了再變，會害怕、會驚慌。

但是對於端木玖來說，雖然很訝異光是打鬥就能出現這種規模的傷亡，但是還不至於被「驚嚇」到。

畢竟前一生她本身就是個製造××彈的行家啊！試爆什麼的都已經是家常便飯了。

現在如果還被這等場面驚嚇到——她就真的不用混了。

好歹是九黎傳人，臉面很重要啊……是不是，焱——

……端木玖表情一頓，然後有些懊惱。

真是太習慣了，她現在已經不是「沐玖」，而是「端木玖」了；焱還沒找回來呢！

但，總會找到的。

對著自己灑然一笑，端木玖繼續看向那三道光芒。

只剛剛一分神，三道光芒已經離她愈來愈近，近到她可以看見那三道光芒，並不只是光，而是三道影子的縱橫交錯。

三道影子，三個人？或是……

「砰！砰！砰……」

三道光芒愈打愈近，端木玖這才發現，不是三道光芒對打，而是黑光與白光，合擊紅光。

黑、白兩道光芒一直保持強烈光澤，而紅色光芒雖然不弱，卻緩緩有了消滅，遠遠看起來像是三光鼎立的戰況，漸漸明顯變成黑、白雙芒合圍紅色光芒。三道光芒再次交擊——

「轟……」的再響，森林一片地動天搖。

黑芒沉沉、白光熾熾、紅燄——熊熊。

三光再度鼎立。

光芒之下，卻漸漸現出身影。

那是三道人影。

沉沉黑芒下，是一名身著黑衣黑袍的黑髮成年男子，五官陰柔，雙掌沉黑，彷彿帶毒。

熾熾白光下，是一名身著白衣白袍、全身有如沐浴聖光的白髮男子，手持長弓、面相端雅，神態似慈似悲，有如高高在上的神祇在俯看眾生。

而熊熊紅燄下，卻是一名紅袍金鎧，手持一把紅色長劍的紅髮俊美少年，即使處於劣勢，卻神情不改、巍然而立。

三方一句話都不說，只是靜靜對立。

這種氣氛，比之前強烈的對戰更加危險！

端木玖有種感覺，似乎要分勝負了……

驀然，黑、白兩光大亮！

黑色光芒擴散、白色熾亮的長弓揚起——

在毫無預警間，兩道光芒同時迸向紅髮少年！

紅色燄芒卻沒有任何改變，但在兩道光芒襲到身前時，紅髮少年手臂一動，紅色劍光如火如炬，迅疾焚向黑衣男子，卻放任白色箭光襲向側身。

「啊！」

黑衣男子驚愣一聲，紅燄瞬間吞噬了黑芒，黑衣男子也瞬間消失。

白髮男子面色微變——終於沒有那高高在上的神態了，但轉眼一看到紅髮少年左肩上的白色箭矢，表情又頓時一定。

白色箭矢，像一簇白色火光，直直插在紅髮少年左肩上，力勁透背，紅髮少年表情不變，執劍的右手沒有任何抖動。

澄澈如水晶的紅色雙瞳，靜靜凝視著白髮男子。

「你已受傷，還是跟我回去吧，至少不會有性命危險。」白髮男子開口說道，音質清透如水。

紅髮少年不語，神情巍然不動。

像被箭矢穿透左肩的人，並不是他。

但是，端木玖看著，就覺得那一定很痛！

他竟然忍得住……好吧，端木玖覺得佩服了。

因為她完全不想去想像這樣有多痛——汗。

「你已受傷，不會是我的對手。」少年不語，白髮男子又說道。

紅髮少年還是沒有開口，但是手上的紅色長劍已經燃出金紅色的光芒。

白髮男子臉色一凝。

「執迷不悟，就休怪我手下無情了。」白髮男子再度揚弓、拉弦，周身白色光芒大熾。

紅髮少年周身，同樣燃起紅色燄光。

穿透左肩的白色箭矢頓時被消融，氣勁凝勢，鮮血頓時自左肩前後的傷口汩汩流出。

紅髮少年一身紅衣金鎧，在紅燄之中，就算流著血，也幾乎看不出來。

但是血腥味的飄散，卻騙不了人。

端木玖心念一動，晶石與前兩天才製好的黑色手槍頓時出現在她兩手上，放入晶石，上膛。

白髮男子周身白光一閃，箭矢發亮如白晝！

同一時間，紅髮少年揮出一劍，劍光紅豔如火！

「轟……」

白光與紅燄兩相交觸，轟然一聲，再度引起一陣天搖地動，兩色光芒互消不下，頓時迸射向四周！

白髮男子身影一模糊，同時襲向紅髮少年。

紅髮少年迅疾後退，劍光揮動。

「鏗、鏗、鏗、鏗！」數聲交擊。

「砰！」一聲。

交擊相迸的能量，再度散向四周。

端木玖都覺得遮住她身影的大石頭快擋不住了。

但奇特的是，石頭就是搖了幾下，沒碎也沒被燒黑，就這麼擋下來了。

但是端木玖覺得很不妙。

再這樣打下去，遲早她會變炮灰的。

而這兩次的交擊，周圍的血腥味似乎更濃了。

白髮男子唇角微微勾揚。

端木玖舉起手槍，手指一按——

「砰！」

第四章　熱鬧不能隨便看

「鏘！」

輕脆一聲。

白髮男子與紅髮少年都有一瞬間的呆滯。

以晶石取代而射出的子彈，其實沒有射到白髮男子，反而被白髮男子周身的護體白光擋下了。

但是，在他們打鬥的範圍，等於也在他們神識能感應的範圍之內，卻突然出現一道攻擊。

這讓白髮男子怎麼不錯愕？

如果不是他的修為比這大陸上的任何人都高出許多、有著這大陸上的人無法打破的護體白光，這一次偷襲，足夠讓他見血。

他被暗算了?!

他竟然被天魂大陸上一個小小人類暗算了?!

錯愕之後，白髮男子表情很黑，瞥過她的眼神裡閃著殺意。

紅髮少年手上紅色長劍一振，趁隙逼退白髮男子；再一揮，打散交擊後凝聚不散的紅、白兩道光芒。

四周頓時又暗沉下來。

端木玖神情不變，內心飛快思考。

晶石，是蘊含能量，從手槍裡打出來可以比子彈的威力更加兇猛。

可是這樣的晶石傷不了白髮男子。

端木玖第一次真正意識到這世界所謂「修為」的差距。

這沒有讓她覺得沮喪，反而讓她覺得——很有趣。

如果她也能修練魂力，應該也會達到像他們這樣的程度吧？

只是不知道他們這樣的修為，是到達哪一階？

「小小的天魂大陸女子，竟然也敢偷擊本座？真是太膽大了。」白髮男子的聲音，猶如天上響雷，在她耳邊響起。

端木玖皺了一下眉，耳朵一痛，有種液體自耳內流出的感覺。

她神情一凝，緩緩起身，淡淡地抬起眼，迎視白髮男子。

「念在妳年少無知的分上，自裁吧。」白髮男子接著又輕描淡寫地說道。

若是他出手，她得多痛苦。

所以，這是特別給予她的寬容。

寬容？

披著慈悲光明的外衣，做的卻是要人命的事。

猶如他是天、她是地下的塵埃那樣，他根本不屑，卻要擺出一副紆尊降貴的模樣。

其實根本是輕蔑。

他只稍稍一威嚇，她就受損了一半的聽力。

這就是修為的差距。

然而，端木玖卻輕聲笑了，足下一躍，便跳上石頭，抬頭看著白髮男子，揚眉低問：

「要我自裁，你——夠格嗎？」

語氣輕輕柔柔，一點都不挑釁，但是用詞十足挑釁！

白髮男子眉頭一皺。

「妳要違抗本座的話？」

就憑她這身……根本算不上什麼修為的修為?!

「誰教你說的話不中聽呢。」唉，她真的也不是故意的呢！

但是她這副表情，看起來就是故、意、的！

白髮男子臉色一沉，揚弓、拉弦。

端木玖也舉起手槍，臉色還是微笑著，體內的心法卻開始運行，擴散至手上握著的黑槍。

「咻！」箭矢離弦！

「砰！」墨色子彈一出，端木玖手上的黑色手槍頓時化為灰沫。

紅髮男子眼神一瞇，同時移動！

墨色的子彈穿過白色箭矢，直透而去，以迅雷不及掩耳的速度，疾向白髮男子的額間。而被子彈穿透，卻沒有完全消弭的白色箭矢，箭芒如電依然射向端木玖。

端木玖想閃避，卻發現身體一陣無力——該死！

就在她轉念想倒地避開致命一箭的時候，腰間突然被一隻手臂摟住，眼前一花。瞬間移位。

一定眼，卻只見紅色劍光疾射而出，直向白髮男子。

白髮男子彷彿被定住般，眼睜睜看著紅色劍光朝自己正面撲來；白髮男子終於變臉。

「不！」

劍光正面劈過他的身體，然後瞬間燒出紅色燄火，將白髮男子不可置信的眼神，瞬間燒成灰燼。

端木玖也是看得呆住了。

這是標準的「灰飛煙滅」的死法吧？

端木玖的表情，從震驚，變成有點小糾結。

雖然她也教焱做過這種事，但那不一樣啊！焱是「熟手」，而且焱吐火就是火，哪會是變成劍光的火，再來把人燒得一乾二淨。

……所以這果然是不科學的天魂大陸。

不是稍稍一脫出人類常識範圍就會引來無數尖叫質疑的二十一世紀。

危機解除，引人注目的三道光芒都消失，摟在她腰間的手臂也放開，身後的人卻悶哼一聲。

「呃。」

端木玖瞬間回身，頭還暈了一下。

雖然有點疑惑自己怎麼突然虛弱成這樣，但是現在也不是可以想清楚的時候。

「你……沒事吧？」

抬起頭，她才發現，這個紅髮少年……真不是普通地好看。

是真的真的非常地好看！

少年的五官，是她無法形容的白皙完美，卻一點都不顯柔弱，只是無瑕的不似凡人；其中最引人，是他一雙紅色的雙瞳。

但那瞳色，卻不會讓人聯想到鮮血，反而澄澈清透，宛如水晶，細細看著，卻又有一種讓人看不清的深邃。

金紅色的頭冠，束住了一頭紅色的長髮，額前卻還留著幾絲飛散的髮絲，散揚著張狂。

他的表情，是淡漠的，但散發出的氣質，卻是張揚又霸氣的，不必刻意表現，就自然顯現出尊貴與不凡。

但同時，他又給人一種深不可測的感覺。

就像現在。

他的左肩，還流著血，唇角也溢出血跡，不必細看，她都可以知道，他受的傷絕對不輕。

但是他卻沒有任何痛楚的表情，面不改色地抹去唇角的痕跡。

沒有回答她的問話，只是看了她一眼，然後走開一步，手一張。

一黑一白，兩顆像棒球那麼大的珠子就飛進他手裡，而他的手握著兩顆珠子，放到她面前。

「給我？」她有點搞不清楚現在的狀況。

紅髮少年沒有開口，只是幾不可見點了一下頭；要不是端木玖一直看著他，還真看不出他有點頭。

「呃……謝謝。」

雖然他沒有開口，但是她就是直覺知道——不接受不行。

之後他又轉身，身形幾度飄縱，將現場的痕跡都破壞光光，只留一片什麼都看不出來的焦土。

看得端木玖真是一陣讚嘆。

這不只是毀屍滅跡，是毀滅所有痕跡啊！手法熟練得完全像是箇中高手！

端木玖不由得同情地瞥了他一眼。

這是得經歷多少「生死戰」才訓練得出來的熟練啊！

而清除完痕跡的紅髮少年回過身，正好接收到這莫名其妙的眼神，於是淡淡地看了她一眼。

這一眼的意思她看出來了，是「妳怎麼還在」?!

端木玖頓時無語。

他沒等她回答，只是再抬頭看了看天，再回頭看了她一眼，然後身化紅燄一閃，他人就消失了。

端木玖連道別都來不及！

但是，少年最後回頭的那一眼，她也看出來了，那就是他的道別。

呃……是他表現得太明顯，絕對不是因為什麼鬼的心電感應讓他就算不開口她也能明白他的意思。絕對不是。

這也提醒了端木玖，這裡可是「犯案現場」，案發後還留在這裡的絕對是等人抓的笨蛋啊！

於是收好兩顆珠子，她立刻轉身把那顆救了她的命的大石頭也收進儲物手環裡，然後身形飄空、清除掉焦土上的腳印痕跡——速速離開！

就在端木玖射出第二槍的同時，遠在千里之外、無人到過的火山深處，黑暗而不見光。

被層層岩土深埋、寂靜不動的熾熱火流，突然翻起了陣陣漣漪。

熾熱的火流自深處，似有若無地翻動，一下、又一下，捲起有如心臟跳動般的節奏。

咚咚。

咚咚。

有如心跳的聲音，由淺而明，深不見底的火流，忽然燦亮了一下，又緩緩歸於寧靜。

「啾？」

◈

離開「命案現場」，端木玖好不容易找到一株樹叢安身。

這一安身，就安了三天。

三天後，她才從樹叢裡走出來。

看著久違的森林、陽光，端木玖開心地笑了。

雖然冒了一點險、又受了一點傷，還不小心把自己好不容易修練出來的一點功力都耗光了。

但是經過三天的休養，耳朵的傷不但痊癒了，她修練的功力也變多了、還突破一層，完全因禍得福。

可惜那兩顆黑白雙珠她沒弄懂到底是什麼東西，不過這也不急，先找到北叔叔才是要事。

拿出地圖辨別方向後，端木玖再往前走沒多久，就愣住了。

本來應該是蜿蜒曲谷的地方，現在只剩一片光禿禿的焦土。她頓時感覺到有三隻烏鴉從頭頂飛過。

呱、呱、呱。

「……」三道光芒的威力，果然不能小看。

一眼望去——有樹木的森林真是好遠、好遠。

沒有遮蔭、白天溫度又高，光禿禿的地方，就不是適合行走的途徑。

端木玖偏著頭想了一下，決定不管原來的路線，要繞路了。

主意一定，她偏轉方向，繞過這一大片新出爐的焦土地帶，順便把它大略地標示在自己攜帶的地圖上，然後開始全速趕路。

一路上繼續遇到魔獸能打就打——速戰速決，打完收了戰利品就跑。

遇到人則能避就避。

其他時候就用輕身術，在樹林間跳來跳去，就連走在森林間都不走直線，而是以一種奇特的步法行走。

一邊趕路，一邊趁休息的時候修練，直到五天後，感覺到森林裡的氣溫愈來愈高，碰到其他傭兵的機率也愈來愈高，端木玖才開始慢下速度，並且用斗篷把自己從頭包到腳，讓自己在一群傭兵裡頭，看起來不特別突兀。

只不過，進森林裡的傭兵大多結伴、或是成團行走，很少有單獨一個人；所以她還是特別顯眼了。

再來，她不小心忽略到一點，即使她盡量打扮獨普通、看起來不像是有什麼值得搶的「富戶」，但這裡是森林深處，能到達這裡的人，至少進了森林好幾天，這麼多天餐風露宿的生活，身上的衣服怎麼可能一點都沒有髒、一點被勾出線的痕跡都沒有？

這森林裡，到處都是會弄破衣服的動植物，就連飛蟲也很兇猛，也沒有多少可以梳洗換衣的地方。

而她一身衣料雖然很普通，但實在太乾淨了。

乾淨到讓人忍不住要羨慕嫉妒。

不過出來混的傭兵們，大多都還有點共識，在出任務的時候，能不惹事就不惹事，免得節外生枝。

因此端木玫也只是奇怪自己為什麼無緣無故被丟了好幾顆白眼、被哼了好幾聲，明明她又沒有得罪他們、也離他們遠遠的……

不過算了，說不定人家是剛好眼白抽筋，她不要想太多。

於是端木玫很專心致志地靠邊走，讓那堆分送白眼的人頓時個個氣悶。

什麼樣的反挑釁最讓人內傷？這就是。

而且最可惡的是，同樣都在崎嶇不平的山道行走，她就是可以走得又穩又快，完全沒讓橫生的草葉或木枝沾上自己的衣服。

而他們雖然也可以走得又穩又快，身上的衣服卻難免被東勾一下、西扯一點。

看著自己、再看看別人，忍不住又是幾顆不平衡的白眼丟過去。

端木玖一律無視，直到遠遠的傳來熱鬧的聲音，傭兵們警戒的表情頓時一鬆。

「終於快到了。」

「是啊，我的金幣快要飛走了……」這語氣很悲痛。

「節哀。」旁邊的同伴拍了拍他。

「金幣不好賺啊……」

「但是在進火山之前，這次的補給是必須的。」同伴很實際地說道。

「而且，我們準備的乾糧，也都吃光光了，不買點吃的不行。」另一個同伴說道。之前在西岩城裡備的乾糧能撐十天，已經是極限了。

「我知道……」他還是一臉肉痛。

「這也沒辦法，誰教我們買不起能保溫的儲物戒指。」同伴說道。

儲物戒指，只有煉器師能煉製，在天魂大陸雖然很普遍，但價格還是不便宜；他們能買得起的，儲物空間都不大。

儲物戒指能放各種東西，包括食物；雖然有點保鮮效果，但是放久了食物一樣會壞，頂多就是比放在一般環境下慢一些而已。

所以如果進森林出任務超過十天，食物的補給就是必要的。

當然，如果有那種特別煉製的，能保鮮的儲物戒指，那他們就不用被補給站的人當凱子宰了。

「那更貴貴貴，現在我們根本買不起好嗎！」這麼讓人沮喪的事實他真是一點都不想提起。

「不要想太多，至少我們有儲物戒指，總比沒有的人好很多；而且，你也不想未來十天再每天每餐都吃烤肉吧？」同伴很誠心地安慰道，這也是安慰自己。

被宰雖然很心痛，但還是，認清現實看開點兒吧！

「……」他幽幽瞄同伴一眼，半點都沒有被安慰到。

端木玖在一旁默默聽著，腦子裡想的是北叔叔說過的，關於「補給營地」的介紹。

天魂大陸土地廣袤，除了人群聚集的城鎮，更有各式各樣的險地。

這片以西北走向橫亙大陸的西星山脈，便是其中之一。

每一處險地，其實都是最多傭兵們進行任務與冒險者進行歷練的地方。

有人出入，就代表有商機。

所以在每一個險地深處，都不乏有人特地將生活用品運進來，然後高價賣給有需要的傭兵或冒險者。

「……我們當傭兵的，進入一次森林通常不會只有一項任務，有時候為了做任務必須在森林裡停留很久，身上帶的補給品難免會有不夠的時候，這時候，補給營地就是很好的選擇。」

補給營地賣東西雖然像黑店，但物品還是很有保障的，不會有假貨。

就在另一邊，正好有資深的傭兵在教導菜鳥傭兵關於森林的知識，便宜了也是森林菜鳥的端木玖長知識。

「補給營地很多嗎？」菜鳥傭兵好奇地問著。

「怎麼可能?!這裡可是大陸上赫赫有名的險地，進來都是要冒生命危險的，而且森林也不是人類聚居的地方，營地怎麼可能多？」資深傭兵一副「你果然是菜鳥什麼都不懂」的表情。

被鄙視了，菜鳥傭兵內心默默憂傷了一下。

資深傭兵看菜鳥傭兵這表情，也不好再鄙視下去，繼續普及身為傭兵必知的森林常識：「森林裡的補給營地當然不只一個，不過因為這裡很危險，補給營地裡的人也是冒生命危險帶東西來這裡賣，所以營地裡賣的東西一定比外面要貴很多倍；尤其是吃的。所以待會兒進去不管你要買什麼，記住，都不要嫌貴。」免得連累他們被趕出來。

「噢……」菜鳥傭兵似懂非懂。

「另外，在補給營地裡進行交易，也接受以物易物，不過交換的標準要按營地定的價；另外，營地也買收傭兵們在森林裡獵到的獵物，只不過價格會比拿到外面賣稍微低一點。不過當你有需要的東西，偏偏金幣不夠的時候，這也是一個變通的好方法。」

綜合來說，補給營地純粹是提供方便給傭兵，至於價格——傭兵們不能太計較。

端木玖聽到這裡，只有一個感想：不管在哪裡，只要有人的地方，果然都不缺奸商。

不過，補給營地？好像很有趣。

端木玖決定去玩了。

再往前走大約半個小時，天色漸漸變暗的時候，終於到達一片山谷，一大片被標示的營地頓時出現在眼前。

雖然說是補給營地，但事實上真正買賣補給品的大約只有二十個帳篷；其他周圍數十個帳篷，全都是來到這裡的傭兵與冒險者們，架設用來準備過夜的。

無論在任何一個險地，不管認不認識，在危險的地方，同是人類自動就會抱成團。人多一點，就算遇到有魔獸來襲也比較安全。

端木玖只默默往裡頭走了一圈，就默默地又走了出來，很自動地找了個比較偏靜的地方，自己架起小火堆。

為什麼？

因為——那裡的東西太貴了，根本買不起啊！

在西岩城裡，十枚銅幣就可以買二個包子；在這裡——一個包子一銀幣。

……這不是暴利，是搶錢！

最便宜的東西都貴成這樣了，更不要說別的，以現在來說，就算賣了她搞不好都沒有一個包子值錢。

呃——她昏頭了，怎麼可以拿自己跟包子比呢？好歹現在她的身家絕對比一個包子高啊。

補給營地裡賣的東西，數量最多的還是各種食物，尤其是除了肉以外的麵包、麵餅等乾糧。

所有吃的食物裡賣價最便宜的，就是肉。因為在森林裡最不會缺的食物，就是肉啊！

但這個便宜只是相對來說，比起人類聚居的城鎮，這裡賣的肉依然很貴。

於是端木玖很認命地決定——自己動手，豐衣足食。

找好預備過夜的位置，她拿出儲物手環裡剩餘的乾糧，從這一路打進來的「肉類戰利品」裡挑出適合的來烤一烤，再煮一小鍋熱湯；這也算是她進入森林以來，最豐盛的一餐了。

她以為這很平常，沒發現在她戴著的帽子一拿下來、一開始煮湯，就有許多傭兵偷偷瞄著她，又趕緊轉開眼。

等湯煮好，香味飄了出去，端木玖一邊吃，一邊觀察整個營地。

天色完全暗下來後，各個帳篷前不是點著燈、就是架著小火堆，隨著天色愈來愈暗，到達這個山谷的傭兵也愈來愈多。

後來到達的傭兵們，很熟門熟路地就自動找到適合的地點搭帳篷，讓整個營地範圍繼續擴大。

端木玖選的位置本來算是營地的最外圍，結果隨著到達的人愈來愈多，她的帳篷變成被圍在中間了。

傭兵行動大多成團或成隊，像端木玖這樣的個人冒險者，在一群喝酒、吃肉、大聲說笑的營地裡，就顯得有點突兀。

把帳篷搭在她附近的小傭兵團，正好就是和她一起到達的那個老鳥教菜鳥的傭兵團；那個菜鳥傭兵好奇地看了她——和那鍋湯好幾眼。

「你在看什麼？」連吃晚餐都分心，菜鳥被敲了一下頭。

「唉喲！」菜鳥痛叫一聲，哀怨地轉回頭。

「不要看人家小姑娘長得漂亮可愛就一直盯著不放。」老鳥教訓道。

「呃，趙叔，我看的不是——」菜鳥想解釋一下。

「你沒有盯著人家小姑娘看嗎？」

「……有。」

「不准再一直盯了，知道嗎？」威嚴。

「知道了，趙叔。」菜鳥乖乖回道。

老鳥很滿意地點點頭，然後自己拿起一塊麵包，就朝那個小姑娘走去了。

然後，他很和善、滿臉笑容，親切地打招呼：

「小姑娘，妳好。」

菜鳥在後面看得差點瞪凸了眼。

叫他不要盯著人家小姑娘結果趙叔自己卻跑去搭訕了，有這麼做老鳥的嗎?!

「你好。」端木玖好奇地看著他。

「小姑娘，我叫趙剛，是這個傭兵小隊的隊長，我能不能用這塊麵包，跟妳換一點湯？」

小姑娘的湯不知道加了什麼，從煮開始就一直飄香；其實，不只是小菜鳥偷看，他也偷看很久了啊！

「可以。」端木玖收下麵包，「趙大叔，剩下的湯都給你們吧。」

「真的?!」

「真的。」端木玖點頭。

「小姑娘，妳真豪爽，趙大叔喜歡妳的個性！」趙剛簡直驚喜。

天知道這補給站的食物有多貴，他們勉強買來足夠的乾糧，可以保證吃飽不保證吃好，根本沒餘錢再去買別的。

雖然傭兵們常年在外，對吃的也不那麼挑，但是能吃到美味的東西，誰會不願意？

趙剛立刻吩咐隊員們自己來分湯，趙剛留了自己那一碗，就坐在一旁；一組隊員們就圍著端木玖坐著。

「小姑娘，謝謝妳的湯。」

「小姑娘，妳真是好人。」

「小姑娘，妳煮的湯好好喝。」

「小姑娘，我、我叫葛利，妳……妳的名字，是什麼？」

「對對，小姑娘怎麼稱呼？」所有人都盯著她直直看，期待她的回答，順便用眼刀殺菜鳥。

怎麼自己先報名字了？都沒提醒他們的菜鳥太奸詐！

趙剛覺得這群兔崽子們簡直給他丟臉。

「你們，克制一點，不要嚇到人家小姑娘。」咬牙。

「趙叔，我們很克制。小姑娘，我叫趙武。」

「趙叔，我們沒有欺負小姑娘。我叫葛楊。」

「趙叔，我們只是問名字而已。小姑娘，我叫趙齊。」

「你們，統、統、閉、嘴。」趙叔一喊，誰與爭鋒。

老鳥與菜鳥隊員們紛紛閉上嘴，一臉無辜地看著自家小隊長。

「喝、湯。」

隊員們立刻照做，用行動表示：他們閉嘴、他們聽話、他們真的沒有欺負人家小姑娘的意思。

端木玖有趣地看著他們。

「我叫端木玖，你們好。」

「噗！」

「咳……」

「哐！」

一時間，噴湯的噴湯、嗆到的嗆到、碗掉下來的掉下來。

眾人全都瞪著一雙眼，看著小姑娘。

「端、端木玖?!」他們沒有聽錯？

「嗯。」她點頭。

「那個端木家，那個端木玖？」

「……嗯。」端木家，應該只有一個，也只有她一個端木玖吧。

「那個……端木家的……傻子九小姐？」

「啪！」

「噢！」

「沒禮貌！是端木家的九小姐。」趙剛糾正。

菜鳥痛叫一聲，又被趙叔打頭了。

什麼時候傭兵也講禮貌了？

趙叔不是教他們：有話就說、有槽就吐、有架就打的嗎？趙叔只教過他們，身為傭兵要有血性、對同伴講義氣、執行任務要認真，從來沒教過他們當傭兵還要端端正正講禮貌耶！

被自己教出來的眾隊員們以非常懷疑的眼光盯著看，趙剛一點都不心虛。

「看什麼？快點跟九小姐問好。」

「……九小姐好。」隊員們照做，但還是滿腦子疑惑。

趙叔今晚真不像……趙叔。

對了，從搭訕開始就很奇怪。

趙叔怎麼會那麼禮貌那麼斯文那麼小聲那麼親切地跟小姑娘說話啊？

趙叔連對傭兵小酒館裡那個嬌媚的老闆娘都是說說話就大嗓門用喊的、拉椅子用腳踹的耶！

莫非趙叔不喜歡美豔老闆娘，喜歡的是清新小蘿莉？

想到這裡，大家看趙叔的目光頓時詭異起來。

「你們那是什麼眼神？」趙剛這麼直爽從不怕事的大老爺，都被這種詭異的眼光看得渾身奇怪起來。

「趙叔，那個……你年紀很大了。」比菜鳥葛利稍微資深一點的趙齊，很猶豫地說道。

「那又怎麼樣？」趙剛不以為意。

他年紀當然比他們大。

「趙叔，那個……你年紀不適合。」趙武含蓄地說。

「啊？」不適合什麼？

「趙叔，您這外型……不搭。」葛楊比了比趙叔粗獷有鬍子的外表，很認真地對他說。

「啊？」趙叔更迷糊了。

到底在說什麼？

「那個……趙叔……人家小姑娘還小，你不能禍害人家。」菜鳥葛利終於大無畏地——小小聲直接說了。

「……」趙剛愣呆三秒鐘，然後突然爆吼：「你們這群小兔崽子在胡說八道什麼啊?!」

第五章　冤家路窄會相逢

趙叔一聲吼，小隊員們個個被敲頭。

「趙叔，你一直打我們的頭，會變笨的。」葛利很哀怨，端著自己的碗移動，離趙叔愈遠愈好。

他今天已經被敲了五下了啦，頭都快腫了！

「就算沒敲，你這小子也沒聰明到哪裡去！」趙剛一臉兇。

「……趙叔倚老賣老。」嘀咕。

「你說什麼！」

「什麼都沒有。」低頭認真喝湯。

趙剛再看向其他人。

趙武、葛楊、趙齊，動作一致，低頭喝湯。

噴火的大叔惹不起啊！

趙剛這才滿意，回頭看向端木玖：

「九小姐，這幾個小子沒見過小女娃、又什麼都不懂，有冒犯妳的地方，請不要介意。」

雖然趙剛一本正經地道歉，但「小女娃」，真的算是禮貌用語嗎？

但這已經是趙大叔很努力禮貌的狀態了啊。

端木玖笑著搖搖頭。

「沒關係，隨意就好。」雖然舉止不夠禮貌，但是趙大叔的誠意她感受到了，其他人也沒有惡意，純粹是好奇。

看著那四個年輕人一邊偷瞄、一邊做出很專心致志在喝湯他們什麼都沒有聽到的模樣，端木玖很大方地自我介紹：

「我是端木玖，之前的確傻傻呆呆的，你們叫我『阿玖』就可以了。」

……阿玖……

年輕傭兵們有點糾結。

九小姐長得可愛又漂亮，看起來秀氣又精緻，和他們這種天天跑森林、渾身上下難得保持全套乾淨的人……就是不一樣啦！

這樣要直接叫「阿玖」……好像有點叫不出口。

趙大叔也是一樣的想法。

「就叫『九小姐』。」趙大叔拍板。

「九小姐好。」四個年輕傭兵立刻問好。

等等……趙武突然想到。

「趙叔，北大人……九小姐？」莫非？

「沒錯。」趙叔點頭。

四個年輕傭兵頓時以無比崇敬的眼神看著她，看得端木玖滿頭問號。

「我聽北大人說過，九小姐……不方便出門，怎麼會來這裡？」趙剛很委婉地問。

其實他真正想問的是，九小姐是傳說中的……傻子。

不會說話、也不懂任何事。

但是在他面前的端木玖，哪裡有傻子的模樣?!

沒聽說九小姐痊癒變聰明了啊，北大人也沒提過……

「我來找北叔叔。」端木玖笑咪咪地說。

趙剛莫名覺得好像有陣冷風吹過，本來想問她怎麼好了的問題立刻打住，求生的本能讓他轉移話題：

「我們小隊，是雷火傭兵團的分隊之一，這次來也是支援傭兵任務，正好要和北大人所在的分隊會合，九小姐願意的話，可以和我們一起走。」

趙剛特別有禮貌，對端木玖的態度就像對待一個大人物一樣，讓四個年輕傭兵們看得一頭霧水。

可是想到北大人的確是大人物，被北大人看得比性命還重要的九小姐——當然也是大人物。

四個年輕傭兵頓時也覺得，他們要對九小姐恭敬一點兒。

「九小姐，請和我們一起走吧。」趙武立刻開口。

「對，九小姐和我們一起走的話，我們就有湯喝了。」菜鳥葛利很單純地說。

「胡說八道什麼，你把九小姐當廚娘嗎?!」葛楊拍了他一下。

趙齊立刻摀住兩人的嘴，然後回頭對著趙叔和九小姐陪笑：

「趙叔、九小姐，他們沒有惡意，只是愛吃了點兒；九小姐煮的湯真的好好喝，我們沒有把九小姐當廚娘的意思……呵呵呵。」

呵呵呵你個頭啊！

趙剛簡直想敲他們一人好幾下。

大陸魂師豪門，對他們這樣的普通傭兵來說，就像貴族一樣，把貴族當廚娘是不想活啦！

可是端木玖一點都沒生氣，還笑咪咪地點點頭：

「好啊。那麻煩趙叔和各位多多照顧。」

「哪裡哪裡。」趙剛可一點不敢小看她。

傳說，因為九小姐是傻子，既無法修練魂力、也無法成為武師，在帝都是人人當成笑話、當成恥辱的廢材。

但是，如果她能一個人從西岩城走到這裡，那趙剛敢拿頭跟人打賭，九小姐絕對不是廢材。

森林裡有多危險，他們身為傭兵的人最清楚，就算九小姐真的不是魂師、也不是武師，但一個人能在森林險地裡自由來去的本事，也夠讓讓趙剛敬重了。

「太好了！」四個年輕傭兵很高興。

「好了你們，把東西收一收，準備休息，明天我們早點出發。」趙剛說道。

順便普及傭兵生存不成文守則之一：補給營地雖然好，但人多意外就多，沒事還是不要久待了。

「是，趙叔。」四個年輕傭兵很聽話，立刻動手清理鍋碗等器具。

「九小姐，妳有帶帳篷嗎？」趙剛問道。

「有。」雖然還沒用過。

「那妳的帳篷，要不要就搭到我們的營地旁邊？」這完全是為了她的安全著想，近一點好照應。

「好，謝謝趙大叔。」端木玖笑咪咪地道謝。

趙剛突然就覺得老臉一紅。

「不用客氣不用客氣，這是應該的，妳把帳篷拿出來，趙大叔幫妳搭——」兩人才準備動手，山谷入口的營區突然起了一陣騷動。

「怎麼回事？」

「有人來了。」

「有人來了不是很正常嗎？」這裡是補給營地啊！

「是一大群，有高手的威壓。」感覺到壓迫感，大家酒也不喝了，紛紛警戒。

一道紅光，以迅雷不及掩耳的速度從上空飄過，在沒人發現的時候，撲進端木玖懷裡。

「呃？」毛茸茸？

紅色毛茸茸?!

端木玖低頭，就對上一雙澄澈如水晶的紅色瞳眸。

這個眼神，有點熟……

「大哥，快一點！」

「知道了，快到補給營地了，妳不要橫衝直撞地亂闖。」這裡不是西岩城，還有其他人。

「牠一定跑進去了。」少女才不管，直接帶著自己的魔獸閃鳴雀，就大剌剌飛進補給營地！

「啾啾啾嗚！——」

「呃！」

「啊！」

「好痛！」

閃鳴雀經過之處，傭兵們一陣東倒西歪，抱著頭哀哀叫。

「那是——」

「閃鳴雀！」有人認了出來。

「啾啾啾鳴……」

五星魔獸不可怕，可怕的是那個噪音啊！

「該死！」

營地裡不能帶著魔獸亂闖是大家默認的共通規矩，這是哪裡來的笨蛋？弄得營地混亂一通簡直欠教訓！

就在閃鳴雀橫衝直撞要撞進販售區的帳篷區時，一名黑衣男子站了出來，抬手一揮，一隻碧眼銀鵰現形。

「吱噢。」

「啾——鳴——」

碧眼銀鵰只叫了一聲。

咚！

閃鳴雀從半空中瞬間掉了下來。

「啾鳴……啾鳴……」雄赳氣昂的鳴叫，頓時變成喵喵嗚嗚的慘叫。

「小雀！」

魔獸與契約主之間有精神連繫，感覺到自己的契約獸受了傷，少女一到立刻貫注魂力給閃鳴雀。

「啾鳴！」不一會兒，閃鳴雀就重新叫了一聲，從地上跳了起來，只是不太敢跟那隻碧眼銀鵰對視。

魔獸之間的等級是絕對的。

碧眼銀鵰的等級比閃鳴雀高，在碧眼鵰的威壓下，閃鳴雀光是這樣站立都有點抖抖。

「你是誰？幹嘛打傷我的魔獸？」閃鳴雀沒事了，少女立刻對著那個男人質問道。

「妳又是誰？」男人的脾氣顯然也沒有多好，冷冷反問道。

「我是西岩城管事長老的女兒，端木家族的端木晴。」端木晴仰著表情，一臉高傲地說道。

特別報出「端木家族」，是生怕別人不知道妳出身大陸第一魂師家族嗎？

傭兵們內心很想吐槽，但誰也沒有說出來。

誰管妳來自哪個家族，來到這裡就是要守規矩！

男人的臉色一點變樣都沒有，繼續質問：

「誰准妳在這個營地亂闖？」

「你是誰啊？」端木晴看著他。

「補給營地的護衛。」

「區區一個護衛敢對我這麼不客氣，你是不想在這裡繼續待下去了吧！」端木晴很不高興。

「應該說：敢來這裡撒野，是妳，不想在這裡待下去了吧。」男人本來就不多的耐心用盡，不想問了，直接冷笑一聲。「來人，把她丟出去，順便告訴跟她一起來的人，不准他們踏進這個營地。」

「是！」兩名身穿黑色武士裝的男人立刻行動。

「你敢——啊！」

端木晴真的被丟出去了，連同那隻很吵的雀。

「妹妹！」

半空中突然看見妹妹掉下來，端木陽連忙接住。

「啾嗚啾嗚！」外面太可怕。

被丟出來的閃鳴雀叫了可憐的兩聲，就立刻自動縮回主人的魔獸空間了。

「哥?!」被丟出來，端木晴也是嚇了好大一跳，臉都白了。

從小到大，哪裡有人敢對她這麼不敬？現在安全了，看到哥哥，立刻氣憤地告狀：

「哥，他們欺負我！」

「誰？」看妹妹沒受傷，端木連把她放下來。

「一個男人，說是這個營地的護衛，哥，你要幫我報仇。」敢丟她，她絕對要他付出代價！

「護衛？」端木連抬起頭，就看見兩個穿著黑衣武師走出來。

「哥，就是他們兩個丟我。」端木晴立刻說道。

「奉隊長之命轉達，跟這位小姐同行的人，禁止進入補給營地。」黑衣武師面無表情地說道。

端木連臉黑了。

「打傷我的妹妹，又禁止我們進入補給營地，這是欺負我們兄妹兩人勢單力薄嗎？」

兩名黑衣武師沒有理他，只在營地入口處站得直挺挺，守門。

端木連氣到肝疼，不過他理智還在，沒有衝動地直接動手。

「我要見補給營地的負責人。」

黑衣武師沒有回應，也沒有動。

他們的責任是聽命行事，負責守門，不負責跟人說話。

「既然兩位不肯通報，那就恕我不客氣了。」要打人之前先通知，端木連認為自己很有禮貌了，立刻放出火雲豹。

「是火雲豹！」

「而且是六星魔獸。」

周圍的傭兵們一看見，立刻驚訝地喊了出來。

「擁有六星魔獸的魂師啊……」語氣很羨慕。

在西岩城這種邊境城鎮，低階魔獸很常見，但是五星以上的魔獸要遇到就不容易了。

所以端木連的契約魔獸一亮出來，立刻引起傭兵們一陣羨慕嫉妒。

聽到周圍的低語，端木連自得地一笑。

「火雲，上！」

火雲豹立刻撲向一名黑衣武師。

兩名黑衣武師立刻拿出武器抵擋，一個對人、一個對豹。

端木晴一看哥哥動手，立刻又把閃鳴雀叫出來助陣。

「啾嗚！」

閃鳴雀叫了一聲，兩名黑衣武師攻擊的動作頓時遲滯了一下，火雲豹立刻乘機噴火。

「噗，噗。」兩顆火球燒到黑衣武師身上。

兩名武師驚叫一聲，立刻脫掉著火的衣服，火球卻已經燒到身上，痛得他們大叫。

「啊──」

一旁觀戰的傭兵們看著是很想幫忙，但是六星火雲豹的威力也不是開玩笑的，他們都只是小小的武師，也沒把握打得過六星魔獸，一時之間就有點猶豫。

比較老經驗的傭兵一看自家的年輕傭兵有點蠢蠢欲動，立刻把人拉住。

「退遠一點。」

「可是……」剛才那個小姑娘衝過去，他們的帳篷、物品都被弄翻了，就這麼算了？

「這兩兄妹，是『端木家族』的人。」

特別強調那四個字，年輕的傭兵們立刻不動了。

如果只是普通小家族的人，他們不怕，但是面對天魂大陸的第一魂師家族的端木家族……他們只是小小的傭兵隊，實在惹不起！

再回頭一想，傭兵們也懂了。

難怪這兩兄妹年紀小小就各有一頭五星、六星契約魔獸。

「只有大家族才有這底蘊給自家的後輩簽訂這樣高等級的魔獸吧……」傭兵們看著很眼熱。

「有多少能力，就得多少寶物；羨慕一下可以，但也不用太妄自菲薄。你們能以傭兵的身分站在這裡，靠自己的能力冒險歷練，這比什麼都重要。」傭兵隊長說道。

能當到隊長，他們早就過了這種看到別人的寶就一陣羨慕的時期啦。

出生是沒得選的，但是要在這個世界生存，實力才是第一重要。

有這種閒心去研究別人家有多少底蘊，還不如多打幾隻魔獸拿去賣來得實際。

「是，隊長！」年輕的傭兵隊員們立刻改正心態。

「另外，以後遇到三大家族的人，多小心一點。」傭兵隊長提醒道。

惹不起，咱們躲遠一點。

傭兵隊員們：「……是，隊長。」

不知道一旁眾多傭兵對他們的不滿，一打倒兩個黑衣武士，端木連指揮著興奮的火雲豹就要往裡面衝，一聲清嘯突然迎面而來：

「吱——噢！——」

得意洋洋的火雲豹當場趴下，瑟縮地抖抖抖。

在後面跟著的閃鳴雀同樣從空中直接掉下來，很想閃回主人的魔獸空間，但是前方的威壓卻讓牠趴在地上一動也不敢動。

「聖獸威壓?!」有些傭兵隊長認了出來。

魔獸的等級是絕對的，高階對低階有絕對的威嚇力，能讓魔獸這麼害怕的，等級一定至少高一階。

「聖獸?!」

「竟然是聖獸?!」

「在哪裡、在哪裡?!」

傭兵們嚇了一跳，但立刻好奇地四下張望。

「啊！那個——」有人剛好抬起頭，就看見一隻銀色的大鳥，昂首立在最高的帳篷頂。

「碧眼銀鵰?!」

端木連一聽，立刻抬起頭。

碧眼銀鵰一雙碧色的眼瞳正好也低垂下來，看著他。

端木連只覺得全身不自然地一抖。

「吱噢！」

碧眼銀鵰再次鳴叫，營地裡突然捲起一陣風，就將端木兄妹並兩隻魔獸捲起來，再次丟出去。

「啊！」

「啊——哥哥——」

「啊噢——」

「啾嗚——」

「——砰砰砰砰！」四聲落地。

這副景象讓眾傭兵們看得眼睛差點掉出來。

「這、這——」指著被風捲跑的兩人兩獸，還在目瞪口呆中說不出話。

明知道對方是誰還敢這樣直接把人丟出去，這位仁兄，絕對是牛人！

就連這位銀鵰兄，他們也惹不起！

當領著一堆人，緩緩走在後面的端木陽到達營地入口的時候，就看見自己一雙兒女並兩隻魔獸被丟在營地外，當場臉就黑了。

「連兒、晴兒?!」

「爹。」端木連有點難堪地自己站起來，把火雲豹收回魔獸空間。

「爹……」端木晴一看到父親就是一臉委屈，收回閃鳴雀就撲到父親懷裡開始告狀：「爹，他們欺負人，不讓我和哥哥進去。」

「怎麼回事？」端木陽看向自家兒子。

「妹妹想進營地找獵物，卻和營地裡的人發生衝突，結果被趕出來。」端木連「重點式」地回道。

一旁的傭兵們聽了，內心咬牙切齒——

你妹妹一來就帶著魔獸橫衝地把我們的帳篷和用具撞壞了又害我們被啾到頭痛怎麼都沒說！

端木陽只聽重點，先看了看東倒西歪的帳篷，再橫瞥了碧眼銀鵰一眼，最後看向補給營地，大聲喝道：

「補給營地的人就是這麼欺負我端木家的子弟？」

在西岩城待久了的傭兵們一聽，個個偏過頭去，無言以對。

「……」可以再顛倒是非黑白一點嗎？人無恥有沒有下限?!

那名黑衣男子，這時候才緩緩從營地中央的帳篷裡走了出來，冷酷著表情說道：

「補給營地，不得擅闖，否則，驅逐之。」

這是天魂大陸公認的條款，所有人都知道。

「那麼，補給營地強占小女的獵物，你要怎麼對本長老交代？」

男人看了端木晴一眼。

「她的獵物是什麼？」

「一隻紅色的小狐狸。」端木晴說道。

紅色的小狐狸？傭兵們互相看來看去。

他們連一隻老鼠都沒看見，哪裡來的紅色——呃咦咦?!

大家看來看去，就看到趙剛大叔的帳篷營地，再看到被一雙細手臂抱著的——紅色小狐狸。

「爹，在那裡！」端木晴也看到了，立刻說道。

原來躲到那麼後面，難怪她和哥哥剛剛都沒看到。

男人也看了紅色狐狸一眼，心裡有種異樣的感覺。

碧眼銀鵰同樣也看過去，正好對上那隻有著紅色眼瞳的眼睛——

「吱噢。」

碧眼銀鵰突然飛了下來，就直接進了主人的魔獸空間。

男人覺得奇怪之餘，又感覺到自家魔獸傳來有點提心吊膽的訊息，讓男人不由得又看了紅色狐狸一眼。

但是自家魔獸也說不出什麼來，只是本能地不想和這隻小狐狸對上。

會讓魔獸本能畏懼的——只有魔獸。難道這隻小狐狸是比聖獸更高階的魔獸?!

可是看起來一點都不像……

「看吧，是你營地裡的先霸占了我的獵物，不能怪我亂闖。」端木晴理直氣壯地說道。

「那就是妳說的獵物？」男人回過神，平淡地反問。

「當然，我和哥哥是追牠才會來這裡，不然你以為就這麼個營地，本小姐會來嗎？」端木晴鄙視的表情。

「晴兒，不准無禮。」端木陽告誡一句。

端木晴就不說了，只是暗暗腹誹。

她很客氣呢，沒有直接說破營地。

努了努嘴，端木晴轉而看那隻紅色狐狸，然後又看著那個抱著狐狸的人，愈看愈覺得眼熟……

「端木長老，那隻狐狸是不是這位小姐的獵物我不知道，可是她一來什麼話都沒說，就把外圍的營地弄得亂七八糟，毀壞了好幾個傭兵隊伍的帳篷，這些損失，請賠償。」男人很平板地說。

噗。

跟著端木陽一起來的其中一人差點忍不住笑了出來，不過他還是努力端正著表情，語氣公正地說：

「端木長老，這位大人說得有理，令千金闖了補給營地、又毀壞東西傷了人，的確應該賠償，畢竟這些東西，都是傭兵們用性命換來的。」

身為從帝都來的皇朝代表，衛利斯說的話當然有一定的分量。

「衛大人說的是。」雖然端木陽的臉色不怎麼好看，但還是拿出一袋金幣作為賠償，然後話鋒一轉：「那麼衛大人認為，補給營地的人霸占了小女的獵物，又該怎麼辦？」

「這個問題，長老應該問那位小姑娘。」衛利斯笑呵呵地回道。

眾人都看向紅色狐狸。

「妳……妳是……端木玖?!」靖木晴終於看出來了，簡直不敢相信。

她怎麼會在這裡?!

「端木玖？」

「那個端木玖?!」

「北大人很寶貝的那個端木小姐?!」

常駐西岩城的傭兵們一聽，也是竊竊私語，還一直看過去。

他們也對這個「傳說中」的人物很好奇啊！

端木玖神態自然的隨便大家怎麼看，輕撫了一下懷裡的紅色小狐狸後，她微笑地抬起頭：

「好幾天不見，妳看起來過得不錯嘛！」

「我當然——」「很好」兩個字還沒說出來，端木晴又是一驚。「妳、妳會說話了?!」

「嗯。」端木玖點了點頭，看起來竟然很優雅。「託妳和妳哥哥、還有一群跟著你們兩人的少男少女們的福，我渾身是傷回家睡了好久之後再醒來，就會說話了。」

眾傭兵都聽懂了，自動腦補畫面。

可憐的無助的柔弱的不會說話的端木玖在沒人的小巷裡，被哈哈大笑得意的端木兄妹帶人追著拳打腳踢、求助無門，最後差點死掉……

本來，這種以強凌弱、同家族的人互相欺負的事也不是什麼大新聞，那個沒實力、被欺負的人大概只能自認倒楣。

雖然這種事是大家都知道的情況，但是在這種大庭廣眾之下被說出來，端木兄妹的表情還是有一點不自然。

至於端木陽——一副長老的高人範兒，完全無視這點小指控。

「真是裝模作樣。」趙齊小聲地說。

「當長老的人，臉皮不可能不厚。」葛楊說道。

「臉皮不厚、心不夠黑，當不了長老。」葛利很權威地說。

「噓——」趙武簡直想翻白眼。

大家都在看你們了，不要再亂說了啊！

感受到端木父子三人的深深惡意，年輕傭兵四人組頓時閉嘴、低頭，假裝他們什麼話都沒說。

端木玖忍不住笑出聲。

「妳笑什麼?!」端木晴質問。

端木玖偏著頭看她，表情看起來既無辜又純真，只回她三個字：

「要妳管。」

「……」端木晴差點瞪凸眼。

這是那個不言不語的傻子說出來的話?!

眾人：「……」有種一口氣哽在喉嚨要吐吐不出來的憋屈感。

「妳、妳……」端木晴指著她，一時說不出話。

「妳結巴了。」端木玖很順地接下去。

「妳才結巴！」端木晴終於吼出來。

「嗯，妳結巴。」她點點頭。

「妳才——」

「晴兒，好了。」端木陽實在聽不下去。「先把重要的事處理一下，妳們姐妹之間的吵鬧待會兒再說，免得耽誤大家的時間。」

「你說錯了，我沒有姐姐沒有妹妹，是獨生女；男人的名節也很重要的，請不要破壞我家爹爹的名聲。」端木玖很嚴肅地說。

「……」男人的名節？

眾人有一種想捧腹狂笑的衝動。

「對了，也請不要破壞我家娘親的名聲，不要以為把她說是我的姐妹就可以乘機賴給我家娘親；我家娘親就算眼睛被糊住了也不會看上你，你死心吧！」嫌棄。

端木陽瞪著她，好一會兒才聽出來她在說什麼，簡直狂吼：

「妳在胡說什麼?!」

「我是在勸告你不要教女兒亂認姐妹，我一點都不想有個會帶人圍毆自家族人的親戚。」更嫌棄。

「端木玖，注意妳的用詞！」端木陽喝斥。

「端木陽，也注意你的態度。」端木玖不笑了，眼神清冷地看著他。「雖然我從本家被驅逐到這裡，但只要族名未改，我就依然端木家嫡系九小姐，就算你是管事長老，也不能對本小姐不敬。」

「憑妳也配稱為嫡系?!」端木陽口不擇言。

「只要我還沒有脫離端木家族，誰都不能質疑我的出身，包括你；除非你對族長不滿，想行大逆不道的篡位之事！」

「妳胡說什麼！」

「惱羞成怒是掩蓋不了事實的。」

「誰惱羞成怒了！」

「你。」

「……」等等，重點錯了。端木陽立刻冷靜：「九小姐，說話要有證據，本長老再不濟也是個管事長老，不容妳隨便侮蔑。」

「要什麼證據？我侮蔑你什麼？」

「妳說我想行大逆不道篡族長之位！」端木陽吼得很大聲，結果端木玖就輕飄飄地反問他三個字。

「你有嗎？」

「當然沒有！」

「沒有就沒有，你不必吼那麼大聲大家也都聽得見。」

眾人：「……」怎麼有種好像被拖下水的感覺？

想到這是哪裡、現場那麼多人，端木陽立刻冷靜。

「那麼妳承認妳是侮蔑我了？」

端木玖定定看著他，然後嘆了一口氣。

「我覺得，你可能最好休息一陣子。」

「什麼意思？」端木陽皺眉。

「我剛剛真的已經說得很清楚了。」端木玖一臉同情跟不忍直視的表情，好像端木陽得了什麼絕症。

第六章 一戰洗刷舊名聲

「妳、到、底、在、說、什、麼？」

這種語氣，絕對代表某人情緒已經在抓狂的邊緣，端木玖滿足了，總算願意好好說話。

「我的身分，你還記得吧？」

「當然記得，端木家族，嫡系九小姐。」端木陽認為，她還是繼續當她的傻子好了，免得氣死別人。

「那我剛才說什麼？」

「妳剛才——」端木陽忽然閉嘴。

她剛才說：只要我還沒有脫離端木家族，誰都不能質疑我的出身，包括你！除非你對族長不滿，行大逆不道的篡位之事！

既然他認同她的身分，自然就是對族長的決定沒有異議，也就不存在大逆不道。

該死！他竟然被一個傻子繞昏頭了。

「幸好你終於想懂了。」偏偏端木玖這時候竟然還一臉欣慰地看著他。

「……」端木陽覺得自己要是再開口絕對不會聽到什麼好話。

但是他忘了，就算他不接口，端木玖一樣可以自己繼續說下去。

「雖然反應慢了點兒，但總算還是想懂了，管事長老，恭喜你呢，可以繼續當管事長老而不必因為癡呆而提早退休，真是太好了。」她笑得眉眼彎彎，看起來真的很為端木陽高興。

「……」端木陽聽得很糾結。

——怒火糾結的那種，偏偏還不能發作出來。

畢竟她的話無論是聲音聽起來、還是表情看起來，都是在為他高興。

那他還能說她不對嗎？

當然是：不、能。

「……」眾傭兵們也聽得很糾結。

玖小姐的意思真的是恭喜和高興？

「咳咳咳咳！」衛利斯突然暴咳出聲。

眾人全部看向他。

「沒……咳咳……沒事，請繼續。」努力裝出嚴肅正經的表情。

總不能被大家知道他是忍笑忍到忍不住才咳出聲的吧！可是，他竟然有幸看見一整個營地不管老的幼的大的小的，集體面部神經抽搐的景象，真的是太絕了！

以後誰要是再跟他說端木家九小姐是傻子他就先揍人。

簡直騙死人不償命啊！

「我說完了，沒有『繼續』了。」端木玖的表情很誠懇地寫著「我說真的」四個大字，再真誠也沒有了。

「……」說不出話的變成是衛利斯了。

讓你笑，這下知道被噎住連笑都笑不出來是什麼感覺了?!

端木玖小心眼地低眼偷笑，卻正好對上小狐狸抬起的眼神。

清澈的紅瞳裡好像有些不解，又有些無動於衷。

不過小狐狸沒有看她看太久，就又趴回她手臂上。

「九小姐，請把火狐狸還給晴兒。」氣過了，端木陽終於想起正事。

他竟然被一個傻子忽悠得差點忘了原來的目的，真的是太大意了。

「牠又不是端木晴的，為什麼要還給她？」端木玖反問。

「火狐狸是晴兒的獵物。」當然屬於晴兒。

「獵物啊……」端木玖點了點頭，然後轉向旁邊的衛利斯：「這位大叔，請問獵物，就屬於那個捕獵的人嗎？」

「基本上，是這樣沒錯。」衛利斯點點頭。

「追捕中的也算嗎？」

「當然不算，要捕到了才算；或者在獵物身上留下明顯的痕跡。」衛利斯回道。

事實上，追捕獵物常常會碰到半途搶劫的，如果沒人見證的話，兩方人馬殺得你死我活是常有的事。

不過如果在場有第三者的話，那就要講點道理了。

「原來如此，謝謝大叔。」端木玖笑咪咪的。

被叫成「大叔」，衛利斯表情有點——僵。

那個……他沒那麼老……

還來不及替自己正名一下，端木玖已經轉向端木晴：

「妳說牠是妳的獵物，可惜，妳並沒有抓到牠呀，連傷到都沒有呢！」

紅色狐狸在端木玖懷裡動了一下，視線裡根本不想看到那些人類。

傷牠？

就憑這些人類？

真是笑話！

「要不是我和哥哥一路追著牠，妳怎麼可能有機會抓到牠?!」端木晴的意思，端木玖就是個半路打劫的。

「可是，我沒有抓牠呀。」端木玖搖了搖頭，一副純真樣。

「妳沒有抓牠，牠怎麼可能乖乖在妳懷裡？」

「是牠自己跑來的。」

「怎麼可能?!妳當我和妳一樣傻嗎？分明就是妳想搶我的獵物。」端木晴冷笑地說道。

魔獸天生都是不喜歡人類的，哪還會主動跑到人類身邊？

除非，是和人類進行契約。

但是端木玖根本不是魂師，所以根本不可能有契約魔獸。

一定是用了什麼她不知道的方法，才讓火狐狸乖乖待在她懷裡不動！

「是妳沒本事捕到獵物，現在又硬說牠是妳的；這到底是誰想搶誰呢？」端木玖看著她。

「九小姐，晴兒的確是追著火狐狸才會闖進營地的。」端木陽一副正直的表情。

「你是她的爹，會護短，你說的話，沒有公信力。」端木玖白了他一眼，端木陽差點當場氣炸。

一個……廢物，也敢給他白眼看?!

偏偏他還不能直接把人揍了，端木陽無比忍耐，又無比火大。

「衛隊長，請說一句公道話。」咬牙切齒，在眾目睽睽下，還是要忍。

「咳，他們兩兄妹……的確追著火狐狸跑。」衛利斯只好說了他看見的。

「但是沒有追上，不是嗎？」

「的確沒有。」衛利斯只好又點點頭。

總覺得他好像變成臨時證人了，而且還是被半強迫的。

「既然沒有，那火狐狸自然是無主的；那麼，我就沒有搶妳的獵物。」這是第一點澄清。「至於火狐狸現在被我抱著，那是因為牠願意跟著我，只能說，誰教妳不得火狐狸的緣呢！」端木玖一臉抱歉，愛莫能助。

「緣」這種東西啊，跟人品很有關係的。

人品不好，貓狗遠離。

人品太差，貓厭狗棄。

「……」這句話真的沒有貶低端木晴的意思嗎？

眾傭兵們又糾結了。

眼看妹妹要暴躁，端木連立刻先開口：

「說了這麼多，九小姐就是不願把火狐狸還給晴兒。」

「你說錯了，牠不屬於端木晴，不存在『還』這個字。」端木玖看了看他，這個哥哥很冷靜啊。「不用浪費口水想強詞奪理，火狐狸不是端木晴的，在場大家都看得見、聽得到、也能分辨，你再怎麼說也別想誣賴我搶你妹的東西，直接說你的目的吧！」

「雖然火狐狸沒有被晴兒抓到，但九小姐也沒有和火狐狸簽訂契約，所以，不如就以實力定火狐狸的歸屬吧！」

「你的意思是……賭鬥？」

這也是天魂大陸最被大家接受的爭鬥方式。

既然大家都看中同樣的東西，就用實力來爭吧！

「是。」端木連點頭。

「你和我打嗎？」

「我和妳打！」端木晴搶先說道。

「妳嘛……」端木玖看著她，很猶豫。

「怎麼？不敢？那就把火狐狸給我。沒有實力的人不配擁有魔獸。」端木晴囂張地說。

端木玖笑了。

果然妹妹比較好玩，脾氣像爆竹，一點就炸。

「不是，我只是想確認一下，妳堂堂一個——」呃，她幾星來著？

「三星魂師。」趙剛及時明白她在想什麼，連忙小聲提醒。

端木玖立刻對他笑了一下，表示感謝。

「妳堂堂一個三星魂師，對我這個不是武師也不是魂師的普通人發出挑戰約賭鬥？」

「噗！」

「咳！」

眾人被嗆到了。

端木晴臉色紅紅黑黑。

在實力至上、傲氣不能缺的大陸，低階越級挑戰高階，是勇氣可嘉。

但如果是高階挑戰低階，那是赤裸裸地欺負人啊！

身為被欺負的一方，端木玖倒是沒有一臉可憐樣的控訴別人明擺著欺負她，反而很認真地問：

「妳確定要跟我比？」

「當然！」話都說出去了，才不要收回來。

「誰贏了，這隻紅色狐狸就歸誰？」

「沒錯！」

「嗯……好吧，雖然有點離譜，不過也算很公平的方式。妳想怎麼比？還有，如果妳輸了，要怎麼辦？」

「我才不會輸！」

就憑她一個廢材，就算不傻了，那還是個廢材，想打贏她等下輩子天分好一點再來吧！

「輸贏是一回事，賭鬥要公平。」端木玖笑咪咪地搖了搖手指，然後說道：「現在牠是我的，既然妳想要我的東西，怎麼能不拿出一點對等的東西來做抵換？還有，妳要是輸了，萬一妳家的爹爹哥哥惱羞成怒，一人再來挑戰我一次，那我得打多久？這個，也要約定一下。」

「妳根本贏不了我，這些假設是多餘的。」端木晴只覺得她有夠囉嗦。

端木玖才不跟她討論多不多餘的問題，只要她要的結果。

「如果妳拿不出等價的賭注，那我拒絕跟妳比鬥。」

「妳敢拒絕？妳沒實力就算了，連這點接受挑戰的勇氣也沒有，還有什麼臉說妳是端木家族的嫡系小姐?!」

「要買東西，得付金幣；要得到獵物，還得出門打獵。妳什麼都沒有，就想賭我的小狐狸，會不會也計畫得太美妙了一點兒？就算妳自認為自己是個聰明蛋，也別把其他人都當成笨蛋啊！」

「……」牠不是小狐狸。

「……」他們不想當笨蛋。

傭兵們暗暗回想，自己有沒有做過因為一時熱血上湧，就腦抽地隨便答應賭鬥結果被評價為笨蛋的事？

「妳——妳到底敢不敢接受我的挑戰?!」聰明蛋是個什麼東西！

「拿出妳的賭注，才有資格挑戰我。本小姐很忙，沒時間和妳玩愛面子的遊戲，更不做那種浪費時間體力的笨蛋。」端木玖一副她耐心有限的表情。

「呃……九小姐，妳要忙什麼？」葛利忍不住問。

「我的帳篷還沒搭好，晚上要睡的，很重要。」手一指，那只拉開一半的帳篷很明顯。

眾傭兵：「……」

雖然她的話很正常，但是這種時候說出來，簡直就是教人覺得烏鴉滿天飛。

很忙。

因為要搭帳篷。

跟充滿熱血的賭鬥合在一起說。

他們只覺得嘴角好抽搐。

「端木玖，妳這是什麼意思！我挑戰妳的事，還不如妳搭帳篷重要嗎？」端木晴叫道。

「是啊。」她一臉正常地點點頭。

「……」噗。

衛利斯和在場某幾個人拚命摀著肚子，忍住、絕對要忍住。

這種時候他們要是笑出來，恐怕人家小姑娘就要惱羞成怒了。

而且，要是笑出來，他們可能就看不到接下去「更美妙」的發展了呀！所以絕對要忍住。

「妳！妳！」端木晴只覺得氣到頭痛，完全說不出話。

端木連看了妹妹一眼，真有點恨鐵不成鋼。

「我和妳比，妳要什麼樣的賭注？」

「噢，換成你呀……也可以。」端木玖無所謂地點點頭。「至於用什麼東西當賭注，你自己看著辦，畢竟你有多少身家、出得起什麼樣的賭注，只有你自己最清楚。你要我說的話，萬一我說個什麼樣你拿不出的東西，那你會很丟臉的。」一副為他著想的語氣。

眾傭兵們：「……」

九小姐，前面一句話已經很氣人，後面那句妳完全不需要加的，人家臉色都變了啊。

「哥，不要你，我自己來。」端木晴搶著說道：「我和妳賭鬥，我贏了，那隻火狐狸歸我；妳贏了的話，我把閃鳴雀給妳。」

用魔獸賭魔獸，誰都不占便宜，也不吃虧。

「不要。」可惜，端木玖很不客氣直接否決了。

「為什麼？」

「牠太吵了，不符合我的品味。」

端木晴臉色又黑了，眼神很冒火。

「……」眾傭兵們的表情又有點扭曲了。

一句話不用講得這麼氣人啊！

「妳、妳什麼品味?!我的閃鳴雀可是五星魔獸，就妳一個連魂力都沒有的廢物，連給妳一星魔獸都是浪費！」

這話一說，眾傭兵們都有點皺眉，連衛利斯和黑衣男人也是。

這就是端木家族小輩們的涵養？

要賭鬥，這是爭奪的時候常用的方式，很正常。

以高階挑戰低階，人家低階的也接受了，他們不方便多說什麼。

可是只一個賭注，就磨磨蹭蹭這麼久，還一直罵人廢物、看不起對手——真是不知所謂。要看不起對手，也等把對手打敗了再來好嗎！

只會吼得很大聲有什麼用……高手和輸贏又不是吼出來的。

真沒氣質。

相形之下，雖然端木玫講話也很毒，不過人家至少口不出惡言，不客氣也針對得罪她的人，連應付都懶得直接擺臉色。

這種直接的性情，傭兵們比較欣賞——在他們不是被氣和被擺臉色的人的時候。

不過，一直被明著暗著罵廢物，端木家九小姐應該也要變臉了吧？

誰知道——

「是很浪費。」她居然一本正經、很認同地點頭了。「要我為了一隻這麼吵的鳥打架，完全是浪費時間浪費氣力浪費感情，所以請換點像樣的東西，這種不符合我品味的東西就不要拿出來招搖了。」

「妳、妳……」竟然這麼貶低她的小雀！

端木玖不看她了，直接轉向端木陽：

「管事長老，我想令千金是拿不出什麼東西來和我賭鬥，不知道身為父親的你有沒有寶貝可以拿給令千金來當賭注？」

「妳們同輩姐妹間的爭執，本長老不好插手。」端木陽沉穩地說道，像個長輩在縱容小輩們吵鬧。

「我說過，我沒有姐妹，請你記清楚一點，不然我會懷疑你的腦袋又退化了。」端木玖沒興趣跟人稱姐道妹。「既然身為管事長老的你連一點像樣的寶貝都小氣得不肯拿出來，那麼令千金的挑戰，我拒絕。」

說完，把小狐狸隨意放在肩上，端木玖轉身繼續搭她的帳篷去了。

而那隻紅色狐狸，隨便端木玖怎麼轉身怎麼動，牠就穩穩地坐在她肩上。

一干人等傻眼。

不只是端木陽一家人，他們都被晾著了耶。

看了那麼久的戲結果重點沒開演就要散場了哦？不要啊！

而端木連與連木晴兄妹在眉來眼去幾次之後，端木晴不理哥哥了，手一翻，一條紅色長鞭就出現在她手上：

「慢著，誰說我沒有？這就是我的賭注。」

端木玖這才轉過身。

「二星武器，可長可短，看懂沒有？」端木晴特地解釋，因為她認為，端木玖根本看不出這把長鞭的厲害之處。

「這把長鞭……勉強可以算得上賭注，我想妳大概也沒有更好的東西了。」端木玖撫了撫小狐狸的毛，安慰道：「委屈你了，竟然和一條鞭子同等級；不過我們要體諒一下人家的儲物戒裡根本沒有什麼好東西，再計較下去，別人會以為我們故意在嫌棄她、找她麻煩，那我們就太冤枉了。」

小狐狸連看都不看那條鞭子一眼，顯然很嫌棄。

「忍耐一下，不答應、快點打發他們，他們一直杵在這裡我們也不得安寧；乖，等拿到鞭子，我們就賣了它，買好吃的東西給你吃。」

「……」還沒贏呢，您已經在算計賣東西了啊！

而且還是為了買吃的。

眾傭兵們簡直無語至極。

雖然那長鞭只是二星武器，但是武器都很貴的啊！他們得做多少任務才買得起一把二星武器啊！九小姐可以不要再刺激他們的小心臟了嗎！

「妳……」端木晴還想發火，又想到可以好好教訓端木玖，就忍住了：「開始吧！」

「慢著，我不相信妳。」

端木晴臉色一沉。

「端木玖，我已經拿出賭注了，妳又想挑剔什麼？還是妳根本沒打算接受我的挑戰？」

「當然要打啊！看著這條鞭應該值錢的分上，當然要打。」端木玖笑咪咪的。

但是這樣更氣人吧！眾人心裡默默想道。

「我只是要避免麻煩。所以話先說在這裡，既然是妳挑戰我，如果輸了，就要心服口服，不能找人來替妳報仇。要不然，我打了小的，來了大的；再打了大的，又來個老的。本小姐是得有多閒才會沒事坐在家裡就等人上門挑釁？」她可沒興趣天天陪人打架。

小的，大的，老的。

在場有三個人臉很黑。

眾傭兵們都是一臉將要扭曲、又極力掰回來的表情。

「妳到底想怎麼樣?!」端木晴沒耐性地叫道。

「很簡單，請端木陽和端木連記住，今天是端木晴主動挑戰我，不是我找你們麻煩，賭鬥結束之後，不要打著替妹報仇、或者替女討公道的名義來煩我；我很忙的。」沒空理你們。

「哼，九小姐太小心眼了，本長老還不至於跟一個小輩計較。」端木陽一副高人樣。

「那當然啦，你不會跟一個小輩計較，只會跟一個小輩的金幣計較。」端木玖笑咪咪。

端木陽臉色硬是沒變。

端木連看了她一眼。

端木晴臉色則又是一黑。

端木玖不由得暗暗感嘆一句：果然人老就是臉皮厚。

「快開始吧！」端木陽說道，與自家兒子一起站到一旁，等著女兒把端木玖教訓一頓。

在補給營地裡賭鬥，補給營地的人就是現成的裁判；端木晴把長鞭交給黑衣男子。

黑衣男子看了紅色狐狸一眼，卻沒有開口要看管。

魔獸是不會隨便親近人的，不過在他的營地裡，他就會負責看住作為賭注的紅色狐狸，不讓牠跑掉。

眾人也自動退出一段距離，空出一塊地方給要賭鬥的兩個人。

補給營地的人立刻開始行動——下注啊，各位。

難得有人賭鬥呢！乘機發橫財的好機會呢！

幾乎所有人都湊了一份，連趙剛大叔和幾個年輕傭兵都不例外。

雖然端木玖號稱傻子廢物，但是基於對北大人的尊敬和對九小姐那「一鍋湯」的情誼，他們都買九小姐贏。

「哼，這一次，我不會手下留情。」端木晴再度放出閃鳴雀。

「啾噢啾噢。」

很吵。

小狐狸懶懶地想抬起頭，卻被端木玖輕按了一下。

「你去旁邊等我一下，我拔一下鳥毛。」

「……」拔鳥毛？

眾傭兵們臉色又扭曲了一下。

很鄭重的決鬥場面被九小姐的三個字搞得一點緊張氣氛都沒有了啦！

不過端木玖這麼一說，小狐狸倒是沒再看那隻吵人的雀，反而一轉身，紅光一閃。

下一秒，小狐狸已經待在剛才被端木玖拉了一半的帳篷頂。

但是這麼一閃，在場就有幾個人臉色微變。

火狐狸是高星魔獸，而且不常見，但牠的特徵是很明顯的。

這麼小的幼生火狐狸，不應該會有這種速度……莫非是變異魔獸？還是牠根本不是火狐狸？

……但是上看下看左看右看，如火一般的紅豔毛色、幼生的小身軀和沒有任何其他特色的特色，這妥妥的就是一隻火狐狸啊。

但為什麼還是覺得有點怪怪的？

不管其他人在想什麼，站在空地區中央的兩人，端木晴先動了起來。

「端木玖，希望過了今天，妳還能好好站著。」魂力一放，端木晴腳下出現魂師印記。

九個角的魂師印記，中央的星星數目代表魂階，周邊的九個角代表星級。

端木晴的魂師印中央有一顆星，九個角中有三個角閃爍著光芒，代表她是一名三星魂師。

而被主人加持了魂力的閃鳴雀，頓時長聲鳴叫。

「啾噢——」接著，振翅一飛，疾衝向端木玖。

端木玖身形一動、腳一滑，就看似驚險地避開了閃鳴雀的衝勢。

而撲空的閃鳴雀，則發出一聲更尖銳的叫聲——

「啾——」

音攻！

端木玖皺了皺眉，卻沒有覺得太難受。在前幾天晚上被那個掛掉的男人「威嚇」過後，再修練恢復，她就發現自己的心法突破了一層，對「噪音」的防禦力也增強了。

這種程度的音攻在她聽來——就是吵。

想傷到她是不可能的。

但是旁觀的眾傭兵們都難受得抱著頭。

「唔……」

「呃……」

頭好痛、好想吐。

「退遠一點。」

看到自家年輕傭兵們個個難受的表情，許多隊長同時發出命令。

受到鳴叫聲影響的傭兵們自動退得遠一點，有的人甚至回帳篷裡凝神修練，避免再受到雀鳴聲的傷害。

「真的是太吵了。」端木玖搖搖頭，一邊閃躲閃鳴雀的撲擊，一邊拿出自己煉製的暗器。

飛刀十九。

等等，傭兵們揉揉眼。

九小姐打算就用那個飛刀去打閃鳴雀?!

下注買端木玖贏的傭兵們差點要給跪了。

閃鳴雀雖然個子小又是鳥，但牠可是扎扎實實的五星魔獸啊！一般武器是傷不了牠的好嗎？

「啾——」

閃鳴雀再叫一聲，端木玖手中一把飛刀離手。

只見閃鳴雀再朝她撲去的時候，一把飛刀同時迎面回擊，飛刀正對閃鳴雀。

「鏗！」一聲。

飛刀像撞上什麼堅硬的東西，不但被撞飛、還斷了。

「啾啾——」

閃鳴雀看起來好像很生氣，繼續撲飛向端木玖。

一把飛刀這麼簡單就被毀掉了，端木玖只愣了一下，就擲出第二把。

同樣「鏗」一聲，第二把飛刀沒斷，但是彎了。

閃鳴雀已經撲到端木玖面前，雙翼挾帶某種凌厲的氣息，掃向端木玖。

端木玖立刻移動，及時避開，身上披的黑色斗篷卻像被什麼利器削到，裂出一道痕跡。

端木玖訝異了一下，閃鳴雀回轉過身後又飛來，她再一次閃避過，終於確定了。閃鳴雀原來不只叫聲很吵，在牠飛動的時候還會挾帶風勢，近身會形成有如飛刃削過的攻擊。

這個……莫非就是魔獸擁有的天賦能力？

端木玖覺得很新奇，一邊閃躲、一邊丟飛刀，一邊研究閃鳴雀這種飛行類魔獸，還發現在飛行時，閃鳴雀周身挾帶的風，不只是攻擊用，對閃鳴雀也有一種保護作用，抵擋外來的攻擊。

可是之前遇到的，跑在地面上的魔獸好像都沒有這種防禦功能，頂多就是皮粗肉厚了點兒。於是她想「拔鳥毛」這個目標有點難達成，必須想別的辦法，嗯，邊想邊練習一下步法好了……

於是端木玖很忙碌，但是在別人看起來，她是「玩」得很悠哉。

剛開始看起來，她是閃躲得很驚險，但是沒多久圍觀的眾人就發現，看似驚險，但其實端木家九小姐一點驚惶的表情都沒有。

而她丟出的飛刀，一點效果都沒有，還每把都毀了，一連毀了十幾把，看得傭兵們心痛不已。

雖然一般的兵器賣價並不貴，但是一連損失十幾把也是很燒金幣的好嗎？

太浪費、太讓人心痛了啊！

下注買端木玖的傭兵們已經看得有點暈，頻頻看向裝著賭注的錢袋，他們現在可以改注嗎？

但是與魔獸們打交道很多次的資深傭兵小隊長們卻另外發現了一點。

九小姐丟出的飛刀，擊向閃鳴雀的部位都不一樣。

這是……在找閃鳴雀的弱點？

而且，九小姐雖然一直在閃躲，但腳下的步法……卻有一點點奇怪。

以地面的痕跡來看，她移動的範圍不超過直徑一公尺，但卻每次都能準確地閃避掉閃鳴雀的攻擊。

「這步法好像有一點……玄妙？」有種他們看不懂的奇特韻律。

「端木家九小姐，沒有我們想像中那麼平凡啊。」

小隊長們湊在一起討論，同時對她採取飛刀攻擊的舉動也有點無言以對。

因為魔獸們的天賦防禦基本是三百六十度無死角的啊，根本沒有弱點可言，難道九小姐不知道？

「嗯……有可能……」

「畢竟端木家九小姐曾是傻子，這很有名……」

所以一點都不了解魔獸，是很可以理解的。

找不到閃鳴雀的弱點，難道要一直這樣閃下去，看是閃鳴雀的魂力先耗光、還是九小姐的體力先耗光，誰撐不住誰就輸了?!

奇怪的是，怎麼閃來躲去那麼久，十九把飛刀都丟完了，九小姐又拿出另一套——

迴旋飛刀?!

繼續丟。

傭兵們都看得有點麻木了。

九小姐會不會有太多飛刀了?!

難道買飛刀都不用金幣的嗎?!

重點是，丟完一組又一組，丟得眾傭兵們從心痛到麻木，從麻木到嫉妒，最後只能暗暗捶胸頓足——

太浪費、太浪費了啊！

丟飛刀、金幣飛了！丟飛刀、金幣飛了！

飛刀一直丟丟丟、金幣一直飛飛飛，沒了沒了沒了，好、心、痛、啊啊啊啊！

眾傭兵們一面痛心疾首，一面也很驚異。

從開打到現在，快半個時辰了耶，怎麼九小姐愈閃好像速度愈快，而且身上一點傷也沒有。

反觀閃鳴雀，好像叫聲愈來愈少，飛的速度也不像之前那麼快。

換成他們，能閃這麼久而毫髮無傷嗎？

而且，閃鳴雀的叫聲，好像一點都沒有影響到九小姐。

他們很多傭兵都聽到頭痛了，她卻一點反應也沒有，拿著飛刀繼續讓人心痛地丟丟丟。

什麼樣的人能不受五星魔獸的叫聲影響？

是實力超過五星魔獸的吧？

所以，九小姐其實一點都不廢材吧？

眾傭兵們愈看愈懷疑，愈想愈驚奇。

終於，端木玖停了下來。

「啾噢！」閃鳴雀回轉過身，依然繼續撲向她。

即使屢屢撲空、還是繼續撲，而且一點也不怕丟來的飛刀，那種一撞就壞的東西根本嚇不到牠。

「真遺憾，不能拔鳥毛了。」

端木玖手握最後一把迴旋飛刀，想著那天晚上開槍的感覺，體內心法運轉，握在手上的迴旋飛刀彷彿亮了一下。

放手擲出，飛刀直接削向閃鳴雀；閃鳴雀不閃不避，等著飛刀自動掉落，沒想到，這次飛刀卻直撞削破牠的脖子，又以迴旋的方向飛回端木玖手中。

然後再側身讓開，閃鳴雀再次撲空。

鮮紅色的血液，開始緩緩從閃鳴雀的脖子滴滴往下掉。

「啾——」閃鳴雀張開嘴，卻發現自己叫不出聲，脖子的疼痛很快傳到牠的知覺，牠瞪長著眼，很不敢相信，就在前撲的動作中，直直掉落地。

「呃——噗。」一直以魂力支援閃鳴雀攻擊的端木晴突然吐了血，整個人踉蹌了一下。

「閃鳴雀……死了?!」

第七章 廢材只想當土豪

不只端木晴錯愕，觀戰的傭兵們也個個傻眼！

本來以為又是一次金幣飛了，閃鳴雀撲空，結果卻是閃鳴雀死了，飛刀回來了、金幣沒有飛。

這是什麼樣的神轉折？

然而端木玖卻沒有呆愣住，快速回身，朝著端木晴就是一記橫踢！

「啊！」端木晴根本來不及反應，頭從右邊直接被踢中，整個人一痛，撲倒在地。

「晴兒！」

「小妹！」

端木陽、端木連父子一驚，立刻衝向前。

端木陽抱起女兒，端木連擋住端木玖再一記飛踢。

「端木連，你犯規了；現在果然是打了小的、來了大的嗎？」端木玖一邊再踢，一邊質問。

端木連一噎。

圍觀的傭兵們也一個個很不贊同地看著他。

比鬥的時候最忌有別人插手，這簡直就是壞了比鬥的規矩，一點身為魂師的榮譽感都沒有，不配被人尊敬。

「我妹妹已經受傷了，妳為什麼還繼續打？」

「她沒認輸，就代表比鬥還沒結束，這點常識你不知道嗎？」

端木連又被噎住，一時說不出話。

「比鬥還沒結束，你們兩個就跑進來，是要干擾比鬥嗎？大陸上有這種規矩嗎？」

「端木連少爺，比鬥尚未結束，你和端長老都不應該介入。」黑衣男子公正地說道。

「端木長老，你們兩父子不會想替女兒報仇吧？」衛利斯也說道。

別忘了比鬥前，九小姐說過的話，你們才答應的事呀！

在場的所有人都是證人。

「連兒，回來；九小姐，我代替小女認輸。」端木陽忍下這口氣，抱起昏迷的女兒，臉色沉沉地說道。

端木玖雙手環胸，看著他好一會兒，才說道：

「好吧，認輸就好。」

反正該討的債，剛才那記飛踢已經討回來了。

至於端木連，總有機會的。

「諸位，本長老先走一步。」說完，端木陽黑著臉走了。

端木連收回閃鳴雀的屍體，陰陰地看了端木玖一眼，也跟著走了。

其他人面面相覷。

勝負分了，賭鬥結束了?!

大家都有點傻傻的。

那個……九小姐拿著一堆飛刀，真的把一隻五星魔獸硬生生砸死了?!

「贏、贏了！」

「九小姐贏了！」他們的金幣也贏了。

「竟然輸了……」

「我的金幣……」飛了。

九小姐，原來不是廢材。

是誰亂傳啦！還他們金幣來！

「帝都的消息應該不會錯，大家都知道啊……」端木家九小姐，就是個傻子廢材。

「說不定，因為九小姐不傻了，就能修練了。」

「所以就打敗端木晴了！」一定是這樣。

「端木晴是三星魂師耶。」

「那表示九小姐至少有三星魂師的實力。」

「以後不能再說九小姐是廢材了。」

「這種年紀就可以拿飛刀打敗五星魔獸，不說天才也絕對是天賦上等了。」九小姐才十幾歲啊！

他們十幾歲時在幹嘛？

跑給魔獸追。

「我覺得，九小姐不只不是廢材，還很土豪。」有人幽幽看著地上那堆斷掉凹掉的飛刀。

這得多少金幣才買得到啊！多浪費啊！心痛啊！

「……沒錯。」

「浪費的土豪讓人恨……」

「比我有錢我也恨……」

「天賦比我好我也很恨……」

「要是比不過一個小女娃我們以後怎麼活……」

「我們要雄起！」堂堂大男人，志氣不能輸！

傭兵們嘰嘰喳喳。

幾人歡樂大部分人心酸，然後不管金幣是贏來了還是飛走了，嘰喳完就默默各自回營區喝酒去了。

贏了的慶祝，輸了的借酒澆心酸。

總之，就是要喝酒啦！

「乾！」

輸贏是常事，傭兵們很豁達，醉倒睡著後等明天醒來，心酸就可以忘掉了，然後努力執行任務購金幣去！看著聚在一圈的傭兵們哇啦哇啦的各自散去，黑衣男子走向端木玖，將紅鞭交給她。

「我是楚天軍，九小姐，恭喜妳。」

「謝謝。」端木玖很有禮貌地回道，沒有接過紅鞭，反而問道：「請問，補給營地可以買下這條長鞭嗎？」

「當然可以。」楚天軍愣了一下，就點點頭。「妳真的要賣掉？」

突然想起來，某位小姐剛才說過了要賣掉鞭子，買吃的！

硬漢如楚天軍，也有一點點黑線。

「對，請開價吧！」端木玖很期待地看著他。

「為什麼？」這可是很好的武器。

「雖然我很喜歡紅色，可是我對它的前主人很過敏，不想留下她的東西。」端木玖笑咪咪地說。

「……」楚天軍無語。

過敏？真——新鮮的說法。

事實是九小姐跟端木陽長老父子三人一定很不合吧！

「那這樣吧，三百金幣。」楚天軍開價。

周圍聽見的人倒抽口氣。

好難得！好大方！

這條長鞭外面賣價最高差不多也就是這個價，竟然一點都沒有被壓價耶！

一般來說，賣給補給營地的武器，最少價碼都會低上三分之一；而向補給營地買武器，至少都會比外面的價貴一半以上啊！

堪稱黑店中的黑店。

沒想到這次補給營地竟然一點都不黑了！變佛心了！

莫非……

大家看著嬌豔可愛的九小姐。

所謂人長得漂亮就是到哪裡都吃香，所以連號稱冷面冷心冷人冷語的楚天軍大人也被迷住了?!

「好，就三百金幣。」端木玖點點頭。

這個時候，紅芒一閃，小狐狸又回到端木玖懷裡。

端木玖看著理所當然地趴在她的手臂上的小狐狸，雖然覺得有點奇怪牠為什麼會親近自己，不過，她也很喜歡這隻小狐狸就是了。

雖然，牠跟「焱」一點都不像……

「九小姐，妳跟我回去拿金幣，或是待會兒我讓人送來這裡？」

「我和你回去吧。」端木玖抬起頭，笑咪咪地說：「我說過，要給牠買好吃的東西。」

這句話一說，傭兵們的心又碎了。

他們討厭不把金幣當金幣的土豪……

三百金幣放在西岩城，可以算是一筆橫財了。

但在這個物價比西岩城至少高五倍的補給營地，只能算是零用錢。

原本用三百金幣能買來的食物不多，可是楚天軍一開始就給她優待，有買有送；端木玖抱著小狐狸走進去賣食物的營帳，然後一樣一樣挑，讓小狐狸滿意的食物，只有兩、三種。

可是食物的量，卻比原本同樣數額金幣可以買到的還要多三分之一；簡直大優待。

剩下的金幣，端木玖則是挑選了幾種森林裡比較少見的食材，很快就把三百金幣花光光。

這絕對是一件讓傭兵們又要內傷的大事。

三百金幣轉眼花光，要不要這麼敗家啊?!

買好食物，楚天軍還送給端木玖一張卡。

「九小姐，這是我們補給營地的專用信物。這個補給營地，屬於姬氏商會，憑這張信物，將來妳在姬氏商會的店鋪與商會所屬的補給營地買賣物品，都可以得到比較優惠的價格。」

「姬氏商會？」端木玖微偏著頭想了想。

北叔叔好像有說過，天魂大陸上最有錢的，就是姬氏商會；原來補給營地也是商會經營的。

難怪很有底氣，同時，也很黑。

「姬氏商會。在大陸上各個城鎮都有商店或拍賣會，九小姐有空可以來。」楚天軍說道。

「我知道了，謝謝你。」心裡猜：這其實是拉攏吧？

可是她號稱是傻子廢材耶，拉攏她不會太浪費嗎？

因為她的表情太直白了，讓楚天軍差點撐不住冷硬的表情蹦出笑容。

「傳言是傳言，很多事情，總要眼見為憑。」他一本正經地說，只相信自己看見的。

不管端木家九小姐未來會不會成為名動大陸的強者，但是至少，她能以自身的力量，不靠戰氣、不靠魂力，打敗了一隻五星魔獸，光憑這一點，她的潛力的確值得看好。

「好吧，楚——呃……」大陸上的人年齡不能看外表，所以她完全看不出楚天軍到底幾歲、要怎麼稱呼比較不失禮呀？

「論交不論年紀，九小姐直接叫我名字就可以。」楚天軍爽朗地說道。

「好，楚天軍，謝謝你送我的卡。再見囉。」端木玖收下卡，跟楚天軍道別後就回自己準備過夜的營地。

◈

在她去補給營地買東西的時候，趙大叔已經讓人將她搭到一半的帳篷搭好，傭兵小隊又起了個篝火圍坐著一起喝酒，一邊等她。

看背影數量，好像還多了一個人。

「你是……兵器店的仲叔叔！」一走近看，端木玖才認出人。

仲奎一笑呵呵地直接稱讚道：

「阿北家的小姑娘，剛才打得好！」他看端木陽那一家子也是不順眼很久了，早就想扁人，可惜沒機會。

「謝謝稱讚。仲叔叔怎麼來啦？」而且——她瞄了一眼在大叔身前放的一堆「破銅爛鐵」。

好眼熟。

「我開武器店，當然也需要一些這裡才找得到的東西；我已經和趙剛說好，明天和你們一起走。」順便，他想第一眼看到阿北看見自家小姑娘變正常了的表情呀。一定很有趣。

「阿北家的小姑娘，坐吧。」仲奎一拍拍身邊的位置。

「好，謝謝仲叔叔。」端木玖在大叔的招呼下坐下來，一邊拿剛才買的食物餵小狐狸。

甜麵包、甜沙拉、甜糕、甜酒、甜茶、甜糊糊……

小狐狸挑的東西——都是甜的耶！

而且都不算是能吃飽的東西，只能說是點心。

莫非她撿到一隻不吃正餐只吃點心的偏食小狐狸？

餵著餵著，端木玖拿了一塊烤肉來。

小狐狸立刻別開臉。

「……」果然是偏食小狐狸！而且是偏好甜食！

仲奎一和趙剛一隊傭兵們也看著小狐狸。

不吃肉的小狐狸……他們有點糾結。

「九小姐，這樣餵會不會有點奢侈？」趙齊問道。

點心很貴耶！

而且吃不飽！

「沒關係，反正金幣也是因為牠才賺到的。」端木玖果然「財多氣粗」。

算起來，她還賺了一堆食材呢！所以一點都不心疼。

「九小姐，妳真的把金幣都花光了？」葛利好奇地問。

「嗯，都花光了。」

四個年輕傭兵們頓時露出崇拜的眼神。

雖然沒有一擲千金，但是眨眼一花三百金幣，九小姐果然非常人！

「九小姐，妳是武師嗎？」葛楊忍不住問道。

「呃……我不知道耶。」端木玖一臉無知加無辜。

「……」九小姐無知的表情特別可愛！

四個年輕傭兵被萌到了。

「妳有可能是魂師。」仲奎一突然說道。

「為什麼？」

「一般來說，除了還是顆蛋沒出生的之外，魔獸願意主動親近的人類，只有魂師。」仲奎一說道。

「魔獸會願意主動親近人類嗎？」端木玖很疑惑。

魔獸和人類的關係，不是一向都是你砍我一刀血、我啃你一口肉的嗎？能和諧相處，只因為有契約。

有契約約束、性命相關，人類和魔獸才能一起作戰，當夥伴。

「魔獸通常不會主動親近人類，不過魔獸和人類之間的關係也不完全是對立。」仲奎一看她一臉不懂，耐心地詳細解釋道：

「任何魔獸都有傲氣，愈是高階的魔獸，就愈不容易對誰臣服。」

能讓魔獸願意臣服的情況有兩種：

第一：是血脈。

這是魔獸的天性，血脈愈純正的，對血脈不純的魔獸有天生的壓制力；特別是同種類的魔獸，對血脈比自己純正的魔獸會自然膜拜臣服。

第二：是實力。

魔獸的生存之道，遠比人類更看重實力，誰贏了，誰就是王者。

當魔獸對上人類，也是一樣。

不過血脈愈純正、智慧愈高的魔獸，就愈不容易臣服於誰，一旦輸了，很多是寧願死都不願和人類進行契約；除非那個人類是堂堂正正有實力，被魔獸所認同，魔獸才會願意與人類簽訂契約。

大陸上有武師與魂師，而魔獸會親近的，只有魂師。那是因為魂師所修練的魂力，能與魔獸相通，因此在與魔獸簽訂契約之後，若是魔獸的等級比魂師高，那麼魂師的修為就會自動提升；而魂師在晉階時所產生的能量，也能帶動魔獸的等級提升。」至於能相互提升多少，那就要視魔獸等級與晉階能量的多寡了。

正因為魂力存在，魔獸對人類的接受度，才會高了那麼一點點。

說到這裡，仲奎一看了端木玖和小狐狸一眼：

「這隻狐狸，應該有身為魔獸的意識了，卻願意主動親近妳，這代表妳身上應該有魂力的波動。」

「可是五歲那年我接受過測試，我的身體裡並沒有魂力。」

「以前沒有，不代表現在也沒有。等回西岩城，妳應該再去測試一次。」

雖然同為人類感覺不出來，但是魔獸的感知比人類敏銳得多，也許牠們就是感覺到了。

「就算測試出來我能修練了，有什麼用處嗎？」這就是一副不想去重新測試，嫌麻煩的語氣啊。

仲奎一看她的眼神第一次有了明顯的表情，簡直恨鐵不成鋼。

「如果測試後證明妳能修練成為魂師，那妳就能打破傳言，不會再被罵是傻子、是廢材了，也能重回帝都了啊！」

魂師無論在哪裡都很受重視，即使是魂師家族，也不會因為家族裡多得是魂師就忽視天賦比較差的魂師。

是魂師，就值得培養；天賦好的，加重培養。

這是各大家族之間共同遵行的默契原則。

「可是，回不回帝都，很重要嗎？而且，大家已經都認定我是傻子、是廢材，再罵，也不過就是這兩個詞。他們罵他們的，再能罵、就算把嘴巴罵到爛掉，還是只有這兩個詞，又罵不出什麼新鮮感，我何必在意？」端木玖是真的沒把這點傳言和鄙棄放在心上啊。

「……」仲奎一不只恨鐵不成鋼，根本是無語了。

阿北家的小姑娘，會不會也、也、也「太不上進」了呀！

多少人巴望著能成為魂師，簽訂一隻強大的魔獸，進而成為人人追捧的目標。

而她呢？

完、全、不、在、意。

莫非這就是代溝？

仲奎一完全不理解小姑娘的腦袋裡在想些什麼。

「九小姐，能去帝都，當然要去帝都啊！」一群旁聽的年輕傭兵們忍不住說道。

「聽說帝都的生活，比西岩城好很多。」

「聽說帝都的強者，比西岩城多很多。」

「帝都有皇室和三大家族，都是人人仰望的強者啊！有金幣又有實力！」

「我們作夢都想成為魂師呢！」

在場幾個年輕傭兵都一致強調。

可惜，他們沒有這麼幸運，只能誠誠懇懇繼續修練戰氣當武師。

「所以，九小姐，妳一定要再去測試！」

「努力成為魂師！」

五雙眼睛，包括趙大叔的，都亮晶晶地看著她，好像她不去測魂力就是多大的罪過一樣。

「可是，我沒有想要當魂師……」小小聲的聲明，立刻被強而有力的鼓勵聲打斷。

「那怎麼可以！」

「一定要當魂師！」

「如果妳一個人不敢去，我們陪妳去！」

「九小姐，我們支持妳！」

「……」好熱血，端木玖覺得真是壓力山大。

「九小姐，如果有機會成為強者，就一定要成強者。」趙剛拍了拍她的肩，很語重心長地說。

這一組傭兵小隊裡，他的年紀最大，經歷的事情也最強，沒有人比他更清楚實力有多重要。

端木玖反手也拍了拍趙大叔的肩。

「趙大叔，人生不用太感慨，有感慨的時候睡一覺，忽略過去就好了。」

「……」眾人瞪眼。

「放心啦，就算不是魂師，我也不會被欺負的。」端木玖笑嘻嘻地說。

「……」結果九小姐還是不想當魂師啊……

太、不、上、進、了！

「九小姐，妳不想當魂師，那妳想當什麼？」葛利不死心地問。

他覺得，沒有什麼事比當魂師、然後變成強者更重要啦，九小姐一直拒絕實在太奇怪了。

莫非九小姐有比當魂師更好的志願？

「我想賺金幣。很多很多金幣，然後買好吃的東西吃。」端木玖握拳，很認真地說道。

「……」成為強者沒有成為吃貨重要，傭兵們好心塞。

他們一點都不想再跟九小姐討論成為魂師的事了，就讓一切在喝酒中過去吧！

仲奎一也覺得好心塞。

平常喝酒的時候，阿北就很會氣人。

結果她——不愧是阿北教出來的，更氣人。

為什麼大家都想成為魂師，偏偏這小姑娘就想著吃東西啊?!

「吃有那麼重要？」仲奎一不小心叨唸出來了。

「嗯，很重要。」端木玖認真。

任何一個經歷過末世缺少食物的人，絕對會告訴你，沒有食物有多可怕！

至於強者……那是基本的事。

實力是端木玖生命的一部分，當然不能列為志願。

這個，她不太想說。因為看趙大叔他們和仲叔叔的臉色變來變去的，實在很好玩！

「……」仲奎一決定不要跟阿北家的小姑娘說話了，簡直溝通不良！

端木玖繼續餵小狐狸吃東西，直到餵完了，夜也深了，整個營地漸漸安靜下來。

趙大叔他們喝到東倒西歪，就地睡覺，只有趙齊一個還在掙扎，不過神志也不怎麼清醒了。

端木玖又往火堆裡加了一把柴，輕撫著小狐狸，看著牠放鬆地閉上眼，唇角微微上揚。

「九小姐，這樣划得來嗎？」憋了一整晚，雖然醉眼迷糊，但是趙齊還是忍不住好奇地問道。

因為，他管小隊裡的財務啊！

管得一枚銀幣都快掰成兩枚花了。

武器有多貴他有很心痛的認知。

「划得來什麼？」端木玖不解地問。

「妳看，妳損失了那麼多把飛刀，結果才換回三百金幣，這樣划算嗎？飛刀也是很貴的。」趙齊比手畫腳，還差點跌倒。

仲奎一默默扶了一把，免得趙齊太激動摔進火堆裡。

「嗯……有賺。」端木玖想了想，回道。

「有賺?!」雖然醉眼迷濛，但是趙齊依然充分表示出懷疑。

「嗯。」端木玖笑著點點頭。趙齊呆呆地看著她，「九小姐……有賺啊……妳好漂亮……」

說完，直接倒地，醉昏。

端木玖：「……」

仲奎一：「年輕人哪……」

「……」這句感嘆讓人好想吐槽。

「這些飛刀，妳從哪裡找來的？」仲奎一喝了口酒，突然問道。

放在他身前，那堆讓端木玖覺得很眼熟的「破銅爛鐵」，就是她用來丟閃鳴雀的飛刀。

總共好幾十把，都被仲奎一撿回來了。

「呃……是我煉製的。」端木玖覺得很汗顏。

上輩子她就是做武器專門，是「家傳絕學」呢！

結果幾天的辛苦成果，在一進森林沒幾天，連同那把槍，幾乎都毀得差不多了。

這等「不耐用」，讓端木玖真不想承認她的手藝有這麼爛的一天。

但是仲奎一卻很震驚。

「真的是妳煉製的？」

「嗯。」

「妳用什麼煉的？」

「就是火種。大叔的店裡也有賣的。」

「那個……很普通的火種?!」仲奎一的下巴掉下來。

「也不是普通，它有寫『煉器專用』火種。」端木玖特別解釋。

跟一般煮飯炒菜用的火種區別就是，它溫度更高、持久度更好，而且火熱均勻，還有配套用的柴薪。

她不解釋還好，一解釋，仲奎一酒不喝了，直接瞪著她。

那個在他眼裡，就是普通的火種！

端木玖被瞪得很心虛。

「仲叔叔，怎麼了嗎？」難道因為她煉製出來的東西很爛，讓他想罵人可是又不好意思罵出口？

「妳……妳……」仲奎一指著她。

「仲叔叔，別氣太大，會腦充血的。」端木玖小聲地提醒。

仲叔叔果然火氣大了，息怒息怒。

仲奎一深吸一口氣，再吐；再吸一口氣，再吐。

「我不是火氣大，是驚訝。」

「啊？」端木玖不解。

「阿北家的小姑娘，是誰教妳煉器的？」仲奎一特意壓低聲音問。

「……看書學的。」

「怎麼可能！」

「……真的。」請看她一臉正經嚴肅，答案比真金還金。

仲奎一又目瞪口呆好一會兒，才「哈哈」差點大笑出來。

「除了這些，妳還有煉製其他武器嗎？」

「只剩一把飛刀了。」端木玖把最後射出去、又完整飛回來的那把迴旋刀遞給仲奎一。

仲奎一接過，仔細查看。

石理細緻無痕，幾乎看不出原煉材的痕跡；刀鋒犀利卻圓滑，材質融合、無縫如一。

「……雖然只是普通的兵器，但是，煉製的手法卻很高超……」就算是他，用普通的火薪要煉到這種程度雖然不是做不到，但是要飛刀數十把如一、品質同等——那除非是用魂力一併煉製。

但用上魂力，也就不算是普通的火了。

「真的都是妳自己煉製的？」仲奎一再問一次。

「是啊。」材料還是在仲叔叔的店裡買的。

因為實在覺得有點丟臉，端木玖真有點不想承認，但是她做過的事，從來沒有不敢承認的，所以，還是認了。

內心暗暗祈禱，九黎家先祖先輩們請原諒，不是子孫我不爭氣沒有好好練習「族傳手藝」，實在是巧婦難為無米之炊。

沒有好火、沒有好煉材，她就算再厲害也煉不出好東西呀！

所以請原諒請原諒。

一旁的仲奎一完全不覺得木玖煉得不好，相反的，是太好了！

阿北家的小姑娘「痊癒」才沒幾天，卻能夠自己煉出這樣的武器。

雖然他現在看不出小姑娘到底是不是魂師，但是以她之前和閃鳴雀對戰的身手，作為武師是絕對足夠了。

這些改變，真的都只在短短幾天之內?!

莫非……這就是「某人」血脈的影響，傻子恢復正常後的天賦大爆發?!

想當年，某人可是風靡全天魂大陸、天賦驚倒一堆人的天才啊！

只可惜後來……

當年的事不想了，反正事情的經過他也不是很清楚，不過眼前的端木玖，卻讓他起了愛護之心。

「阿北家的小姑娘，妳喜歡煉製武器嗎？」

「不是喜歡。」端木玖卻搖頭。

「不是喜歡？」

「它是我生命中的一部分。」端木玖說道。看到仲奎一臉上有點怪怪的表情，她很認真地告訴他：「因為我發現，它很值錢哪！我可以多研究多煉一煉，然後就不怕沒飯吃了。」

第一句聽著還不錯，但聽到後面的話，仲奎一忍不住嘴角直抽。

雖然煉了器是可以拿來賣錢沒錯，但是重點不在賣錢啊！煉器是很神聖很花心力很需要用心所以必須全力以赴的，不是直接就把它當商品只為了賣錢啊喂！

「除了賣錢，妳就沒有……更遠大一點的期望？」

端木玖很認真地想了一想，才抬頭看著仲叔叔，然後很認真地回了他兩個字：

「沒有。」

仲奎一身體一斜差點滑倒。

認真地想了想，結果就想出這兩個字?!

「做人要有志氣啊！」

怎麼可以一點遠大的目標都沒有？

「可是，吃飽睡好沒煩惱，才是人生最大的福氣啊。」端木玖一臉無辜地回道。

「……」太有福氣的回答，仲奎一頓時趴地不起。

「噗。」看仲叔叔一副「被打敗了再不能起」的表情，端木玖忍不住笑了出來。

一手抱著小狐狸，一手戳了戳仲叔叔的肩膀。

仲叔叔轉開頭。

他暫時不想看見這個讓他心塞的小姑娘。

「仲叔叔。」

「不要叫我，我需要冷靜一下，現在年輕人的想法，大叔我真的不懂，難道我真的老了嗎……」明明他還很年輕呀……

端木玖再戳一戳。

「仲叔叔，我剛才是開玩笑的。」

「開玩笑？」仲奎一這轉回頭來看她。

「當然啊，吃飽睡好沒煩惱，是人生基本需求，不算最大的福氣啊。」端木玖笑嘻嘻的。

所謂福氣，也是因時因地制宜的。

以前，或許是最大的福氣。但在這個以強者為尊、實力至上的天魂大陸，這七個字只是一句空話。

因為沒有實力的人，在這裡什麼都不是。

就像她剛醒來的時候，渾身是傷。

如果沒有復元、沒有一點武力值，她怎麼能從哈麗兒身上把北叔叔留下的金幣要回來？

又怎麼能在之前與端木晴的比試中，得到最大的勝利，順便把之前挨打的帳一起要回來？

「那妳的願望是什麼？」仲奎一決定再給阿家的小姑娘一次機會。

不要再給他會讓他趴地不起的答案了喔，不然他就不理她了。

「我還不知道。」逗人要適可而止。

所以端木玖這次乖乖回答了。

「不知道？」

「仲叔叔，我對這個世界還不是很了解，所謂強者、所謂人人尊敬、到處受崇拜，那離我都太遠了；現在的我只知道一點，那就是，要保護愛護我的人。」端木玖笑笑的，仲奎一一聽，終於有坐起身的力氣了。

「那個人，包括阿北？」

「當然啊。」北叔叔，是她在這個世界醒來之後，第一個認定的親人。

仲奎一笑了。

「阿北沒有白疼妳。」接著話鋒一轉：「既然要保護阿北，那妳就應該想辦法讓自己變強。」

「仲叔叔，路是要一步一步走的，有的時候順其自然更好；夜深了，我先回去休息，明天見囉。」端木玖笑咪咪地道再見，抱著小狐狸就回帳篷去了。

「……」這是本人不急，急死他們這些看戲的節奏吧！

仲奎一內心在咆哮。

成為強者、成為強者、成為強者！是活在這個世界最有志氣的路啊！阿北家的小姑娘請跟我唸三遍……

再回想一下賭鬥開打前，端木玖一個人應付端木陽三父子的唇槍舌劍，不但沒輸，還暗暗把對方三個陰了一把，氣得他們差點噴血；可是她呢，卻還冷冷靜靜、悠悠哉哉——

阿北家的小姑娘，可不可以有點年輕人的衝勁？不要這麼又沉穩又狡猾得像個小老太婆啊！

第八章 新仇舊恨都記帳

隔天一大早，當天色漸漸白亮，就開始有人收拾帳篷，陸續離開補給營地。

端木玖回到帳篷後，抱著小狐狸只睡了兩個時辰，就起身修練，當她身上發出淡淡的光芒時，小狐狸原本半瞇的眼瞳驀然一睜。

幸好這個時候天邊已經微微發出亮光，營地裡的篝火也都還燃燒著，這種奇特的景象才沒被發現。

不過小狐狸卻悄悄從趴臥的位置站了起來，然後在她身邊再臥下。

等端木玖修練完睜開眼，就看見趴睡在自己身邊的小狐狸，忍不住輕笑一聲，把牠抱了起來。

小狐狸懶懶地睜開眼，透如水晶的紅瞳閃過一道紅豔的光芒。

端木玖立刻就想到了另一雙眼睛。

「你的眼睛……跟某個人好像。」

小狐狸看著她，不聲不吭。

「應該是巧合吧。你的眼睛很漂亮哦！」端木玖輕笑了起，聽到外面趙剛叫醒其他人的聲音，她抱著小狐狸就走出帳篷。

你的眼睛很漂亮哦！

小狐狸被抱著，身體有點僵。

牠被稱讚了嗎？這是應該高興嗎？

但是牠只有某種奇怪的僵硬感——

「九小姐，早。」趙剛一看到她，就笑著打聲招呼，一邊快速拆收帳篷。

其實他們五個人昨天根本就「以地為床」了，喝醉了睡了個傻乎乎，白白浪費了他們搭好的帳篷。

「九小姐，早。」趙武等四人也打招呼，各自忙著煮早飯，收拾營地裡的東西。

「趙大叔和大家，早。」端木玖也開始拆帳篷，再收進手環裡。

「阿北家的小姑娘，早！」仲奎一不知道從哪裡冒出來，看起來精神奕奕。

「仲叔叔，早。」大叔一點都沒有昨天晚上趴地的頹廢樣耶。

「今天要去尋寶。」仲奎一摩拳擦掌很期待。

「尋寶？」

不是獸潮嗎？

「今天早上，有沒有感覺到什麼不一樣？」仲奎一問道。

端木玖愣了一下，就發現了。

「比較熱。」

「這表示，時間快到了。」小姑娘很敏銳。

「時間？難道火山爆發的時間？」

「沒錯，所以我們動作要快點了。」

「你們也是，吃快一點。」趙剛對著自己的小隊員們說道。

「是，趙叔。」小隊員們立刻狼吞虎嚥，很快把早餐吃光光。

端木玖都還來不及說什麼，就被仲奎一和趙剛等人帶著一起匆匆出發。

趙剛帶著傭兵小隊在前，仲奎一和端木玖跟在最後，一路上避開其他人，只專心趕路。

「大叔，火山爆發，會有什麼情況？」趁趕路的時候，端木玖決定先打聽一下情況。

因為她只知道有火山爆發、有獸潮，但其他的狀況還來不及收集，只好找人臨時惡補了。

本來遇到趙大叔是個好人選，不過後來自動送上門的仲叔叔，就是一個更好的人選了。

「這座火山，名為『岩火山』，百年一度爆發。所謂的魔獸潮，其實應該算是居住在火山附近魔獸的逃命潮。火山噴發不會影響西岩城，但是為了逃命四竄的魔獸卻很有可能穿過森林攻擊西岩城，因此每到這個時期，傭兵工會就會提前發布任務，聯合端木家族，聚集許多強者在森林與火山赤地的交界邊緣駐紮一段時間，主要的任務，就是擋下獸潮。」知道端木玖大概不清楚狀況，所以仲奎一解釋得比較詳細。

火山周圍百里，因為火山的關係，全是一片熾熱的赤地。而與赤地左右相連的，是西星山脈與東星山脈群中，由支脈延伸而成的廣大森林。森林裡最多的，也是魔獸。

所以這個任務簡單來說，就是一場打魔獸的任務。抵擋了魔獸潮，可以領任務報酬。獵殺了的魔獸，可以作為自己的戰利品。等於一件任務領兩次酬勞。

所以這個任務很受傭兵們的歡迎。

「要抵擋獸潮，需要進入赤地嗎？」

「一開始不會，但火山爆發後，就可能不只會進入赤地，也會接近火山。」仲奎一回道。

「為什麼？」

「因為火山也是一個很大的寶庫。火熔石、火岩石，甚至是火岩晶……那些火屬性的特殊礦石，只有在火山噴發時才會大量出現。」這種機會，不撿白不撿啊。

火屬性的礦石，是煉製兵器的好材料，而且愈是堅硬的礦石，煉製出來的成品就愈堅固、威力也愈強。

因此，火屬性的礦石本身也很值錢。

仲奎一的目標，主要當然就是這些礦石啦！要是能順手打到一些魔獸，或從魔獸身上再摳下什麼好東西，那就更好了。

「火嗎……」端木玖低喃一聲。

「如果有機會，妳也可以多見識見識，有拿到寶的『任何』機會……就不要心軟放過。」仲奎一說道。

「好。」端木玖黑線了一下。

莫非仲叔叔這是在暗示她可以找機會鑽某種空隙進行某種「趁×打劫」的行為？

「阿北家的小姑娘，雖然妳的膽量不錯，身法也不錯，但是妳沒有稱手的武器、也沒有可幫助作戰的魔獸，這在對戰魔獸的時候很吃虧，所以妳要記住，不管在哪裡，保住性命才是第一重要。

「另外，等到了赤地之後，最好與別人保持距離，小心不要被偷襲、也不要被連累。」仲奎一語重心長。

這都是經驗談。

是把她當自己人才說這麼多呢！

怎麼說，她都是阿北家的小姑娘，而且她本身也不難相處，沒有那種大家族小姐的嬌氣，所以仲奎一肯對她多看顧一點。

尤其在昨晚還發現阿北家的小姑娘很有某種天分之後，仲奎一更不想她「英年早逝」了。

「我知道了，謝謝你，仲叔叔。」端木玖現在確定了。

趁×打劫真的是可以的，那她真的要提防一下。

雖然暫時解決了端木晴，但是端木陽和端木連還在呢！

端木玖很認真地開始想：這兩父子，大概不會輕易放過她的，要不要趁魔獸與傭兵們打成一團、場面混亂的時候，先把他們解決掉……

中午時分，早上還在補給營地個別分開出發的傭兵們，陸續來到森林與赤地的交界，包括端木玖。

一出森林，就是陣陣熱浪撲來。

在這裡首先看到的，是一頂又一頂的帳篷，有幾座營帳特別大、帳篷的顏色也特別不同。

「那種是特別製作的隔熱帳篷，可以抵擋赤地高溫的。」看她一臉的疑惑，仲奎一解釋道。

「哦。」端木玖點點頭，朝仲叔叔笑了一下，表示了解。

依照帳篷搭建的位置，明明是一群人，卻隱隱分成幾個區域，其中有幾個大的營帳帳頂，還聳立著清楚的標幟。

站在這一區營地往火山的方向看，那是一望無際的紅棕色土地，乾燥而滿布著裂痕。

空氣中彌漫著熱氣，地面上隱隱冒著煙霧，陣陣往上升。

「看起來地很燙……」

但是端木玖一點也沒有感覺到熱。

不像其他人，竟然已經冒汗了。

「這種熱，有點異常。」有經歷過百年前火山爆發的傭兵皺起眉說道。

「難道是火山爆發的規模比較大嗎？」同樣經歷過百年前火山爆發的另一名傭兵猜測道。

「先問問情況。」

大家各找各隊，各回各帳，趙剛一行人也是。

端木玖和仲奎一跟著他們走到一個掛著火燄和閃電標幟的營區。

趙剛讓趙武四人先去安排好的地方休息，然後帶著端木玖和仲奎一走到主營帳前，大聲報告：

「雷火傭兵團西岩分團第七小隊報到。」

「進來。」

「是。」

一進營帳，裡頭已經有十幾個人在，這些人都是西岩分團的各小隊長，奇怪的是，他們的臉色都有點凝重。

「趙剛見過分團長。」

坐在營帳立位上的，自然是雷火傭兵團在西岩城的最高負責人；西岩分團的分團長：蒙亦奇。

「坐吧。仲大師也坐。這位是？」蒙亦奇看向她，再看到她懷裡抱著的火狐狸。

其他人是從她一進來就一直看著她。

共同心聲就是：好精緻漂亮的小姑娘！

再看紅色狐狸：好一隻可愛的小魔獸。

雖然小魔獸沒什麼實力，但不可否認，這幅可愛溫馨的畫面就連大老粗傭兵們都會覺得好看。

「各位好，我是端木玖。」她自我介紹。

蒙亦奇和各小隊長都愣了一下。

端木玖？

這名字很耳熟……

「這位是端木家族，嫡系九小姐。」趙剛小聲地提醒道。

有嘴快的小隊長立刻驚呼出來。

「端木家族第一個被逐出本家的嫡小姐？」

「傻子九小姐？」

「廢材九小姐？」

「北大人的小姐?!」終於有一個說話比較「不那麼直接」的了。

「安靜。」蒙亦奇一聲令下，小隊長們個個收聲，但還是滿臉驚奇地一直看著她。

端木玖微微笑了一下。

「大家都聽過我的傳聞，真好。」

真好？

小隊長們表情有點糾結。

被人傳說是傻子、廢材，是好事嗎？

蒙亦奇則看著微笑的她，直覺——這個九小姐，有點危險……

但是看到她精緻得找不到一點瑕疵的臉，又安慰自己，那個危險感一定是錯覺。

「既然大家都知道我，那我就不用再自我介紹一遍了，請問，我的北叔叔呢？」端木玖細聲問道。

營帳裡沉默了一下。

「妳……好了？」看著那張精緻絕美的五官、清澈冷靜的眼神，蒙亦奇沒辦法再把「傻子」這兩個字套在她身上。

「嗯。」端木玖對他點了一下頭。「請告訴我，北叔叔人呢？」

「呃……」眾傭兵小隊長們立刻一陣心虛。

就連蒙亦奇都一副很難回答的表情。

「發生什麼事了嗎？」端木玖臉上的微笑淡了些。

「阿北發生了什麼事？」仲奎一也問道。

「昨天中午，在赤地山谷有一波獸潮，我們和疾風傭兵團一同出隊阻擋，本來任務快完成了，結果疾風傭兵團那邊的一名隊員身上卻掉出『寒陰水』，當時他站的位置離北御前很近，赤地立刻燃燒起來、引發小型岩流爆發，剩下的岩火獸也跟著狂暴、而且又引來另一陣岩火獸潮，當場增加好幾名傷亡人員，場面一陣混亂，我們不得不撤退，那名小隊員後來重傷被救出來，而北御前和第四小隊的傭兵，則陷在那裡——下落不明。」蒙亦奇語氣有點沉重。

傭兵團出任務，傷亡雖然是家常便飯，但那不是在這種狀況下。

「都是疾風傭兵團惹的禍！那班狗娘——」第三小隊長忍不住想詛咒人，但是看到端木玖，又把滿肚子的粗話給收回去。

不能污染人家小姑娘的耳朵啊！

「我也不信那是不小心。」第八小隊長也跟著說道。

「疾風的人到底想幹嘛?!」趙剛一聽，眉頭就皺了。

總不會把傭兵團爭名次的爭執拿到這種共同任務上來搗蛋吧？

寒陰水，那是可以克制岩火獸的東西，卻也是最容易讓岩火獸爆走的東西，面對一隻岩火獸可以用，但是面對一群時，除非你有像河流一樣的寒陰水，否則就絕對不能使用。

在進赤地之前，各傭兵團都一再叮囑過，那是不能帶進赤地的東西！疾風傭兵團的人就這麼白目，不但帶進去、還特別掉出來?!

岩流爆發並不是小事，如果當時他們撤退得慢一點，四、五十名傭兵，會全部埋在那裡！

「你們沒有再回去找嗎？」仲奎一臉很黑地問道。

「從岩流爆發後，又多了許多岩火獸，那處山谷就不能進人了。」一知道出事之後，蒙亦奇親自去看過。整座山谷充滿岩流與岩火獸，根本分不清岩流和岩火獸，第四小隊……恐怕凶多吉少。

「魔獸呢？」仲奎一問道。

人進不去，魔獸總可以吧。

這裡這麼多魂師，總有水系或不怕火的魔獸、再加上鎧化，應該可以進去探探狀況吧！

「我試過了，只走了不到十里，因為岩流的溫度太高，只好退回來。」蒙亦奇說道。

「方向在哪裡?我去！」仲奎一站起來。

「仲叔叔，等一等。」端木玖這時候才開口，臉上的表情沒有擔憂，還是很冷靜：「帶著寒陰水的人，是誰？」

「他叫衛沖林，六星地武師。」第八小隊長說道。

「衛？那他和衛利斯……」

「是同一家族的人。」第八小隊長立刻說道，還補了一句：「衛利斯大人是皇宮的侍衛長。」

「衛沖林重傷，他醒了嗎？」

「聽說有醒過。」

因為衛沖林重傷，衛利斯和端木家族的人也到了，所以他們一收到消息就在商量這件事要怎麼解決。

「我明白了。」端木玖點點頭，站起來就往外走。

「九小姐，妳要去哪裡？」蒙亦奇連忙問道。

「找仇人。」

啥?!

眾人互相對看一眼，立刻也跟著往外走。

知道「拖後腿」的身分後，端木玖就立刻明白了。

她本來認定，是雷火傭兵團裡有人被收買，趁北叔叔作戰的時候乘機暗算一下。

結果端木陽選的，卻是別家傭兵團的人。

還用這種他傷我也傷的方式。

這樣，別人大概就不會以為他是故意暗算人的吧！

因為沒人會在暗算別人的時候還差點把自己賠進去的——除非那個人腦殘了。

而因為是這種方式，所以北叔叔才會一時間防備不及，然後中招。

很好，真的是很好。

端木連欠她的一頓毆打沒還，現在再加上端木陽陷害北叔叔的一條命。

給她等著！

即使氣憤，端木玖還是很冷靜地一邊分析現在該做的事、一邊往外走。

但是她才走出主營帳，就看見衛利斯、端木陽，領著一群她不認識的人走過來。

仲奎一、蒙亦奇，以及西岩分團的各小隊長，則是停下腳步，在她身邊一字排開。

在主營帳周圍，分布著各傭兵小隊的帳篷，看見有其他人來了，眾人默契也一個通知一個，走出帳篷，就著自家分團長們一字排開的隊形，在後方圍成一個半月形隊伍。

「蒙分團長、仲大師。」來人一站定，衛利斯、端木陽沒有開口，反而是一個瘦瘦高高、整個人看起來如同一把銳利的劍的男人先開口。

「燕分團長。」蒙亦奇點了點頭。

端木玖直接看向仲奎一。

這人是誰？

仲奎一看懂她的眼神，立刻解答：「疾風傭兵團西岩分團的分團長，燕東飛，九星天武師，武器是六尺長劍。」

雖然仲奎一的聲音不大，但是在場有分量的人都是高手，耳聰目明的，都聽到他這句介紹的話。

九星天武師，那已經是接聖武師的高高手，竟然有人不認識，有人孤陋寡聞成這樣?!

順著仲奎一的話，眾人的目光當然看向端木玖。

燕東飛稍微疑惑地看了衛利斯和身邊的小隊長們一眼。

這小姑娘是誰？

「九小姐，妳也在這裡。」衛利斯卻是先笑著打招呼。

九小姐？

疾風傭兵團的人交頭接耳的，連燕東飛都問了一下，然後聽到回答，大家就不約而同又看向淡淡定定站在那裡的端木玖。

端木玖不只當初在帝都很出名，就連到西岩城也是大家不時會掛在嘴巴的三個字。

因為她是端木家族的嫡小姐呀。這等身分對西岩城的人來說，就是很貴重。

又因為她是北御前所保護的人——北御前在西岩城裡可是大家都不想惹的天階高手啊！

所以西岩城上上下下，沒有人不知道她的名字。

但是北御前一直將她保護得很好，就算帶她外出，也會盡量讓兩人不那麼顯眼、不招搖。

再加上他們居住的地方是平民區，所以在這裡的傭兵們個個見過北御前，但大部分人都沒見過端木玖。

現在突然讓他們看見一個精緻漂亮的美少女，眼神清澈有神，一副聰明樣，再告訴他們說，其實她是個傻子……

騙人的吧！

端木玖很淡定，對著衛利斯點點頭，直接問：

「你家親戚呢？」

「……」眾人呆。

仲奎一只能慶幸自己現在沒在吃東西、喝東西，不然不是被噎死、就是一口噴出來！

阿北家的小姑娘……妳太直接啦！

衛利斯先是呆了，不知道她幹嘛問候他親戚？但是立刻想到他特地來這裡的原因，暗暗苦笑。

他還沒道歉緩和一下跟雷火傭兵團的關係，就先被問了。

「還躺在帳篷裡昏睡。」

「是嗎？千萬別讓他死了。」端木玖淡淡說道。

「受了傷的傭兵，當然要盡力醫治。」能混到皇家護衛長，衛利斯也是很有定力的，話回答得很漂亮。

其實他剛才差點直接想反問「為什麼」，完全不理解端木玖為什麼要特別交代醫好衛沖林。

難道……她還不知道北御前的事？

還是她看在衛沖林重傷的分上，決定以德抱怨？

想到後一種可能，不知道為什麼，衛利斯嘴角有點抽。

不對，他抽的是腦子，不然不會有這麼不靠譜的想法。

「那就好。」端木玖卻不再理他，轉眼看向赤地。

「……」什麼意思？

眾人都有聽沒有懂，包括衛利斯都是。

是九小姐的腦回路太奇葩他們不懂？還是他們集體智商下降，所以無法理解九小姐的意思？

求、解、釋。

但是端木玖完全不看他們，只回頭看向蒙亦奇：

「山谷在哪裡？」

「東南方向——」等等。「妳要去?!」

「嗯。」端木玖抬步要走——但是被拉住。

「太危險。」蒙亦奇不贊同。「赤地溫度很高，沒有任何準備，妳走不了太遠的。」

「北叔叔在那裡。」端木玖很平靜地說。

所以，她要去。

「我們會再去找人，妳……待在這裡等。」蒙亦奇軟著聲說道，有點像怕嚇到她。

沒辦法，因為端木玖的五官實在太精緻了；以個子來說，站在他們這群大老爺們身邊，她就是個迷你型小娃娃。

而傭兵團裡，多是一堆大老粗。

突然碰到一個白白嫩嫩、精緻漂亮的、像一碰就會碎的小姑娘，不小心一點才奇怪，又怎麼放心隨便讓她去冒險？

不管她現在是不是變聰明了，但是過去十幾年，她不能修練、沒有實力，這總是事實。

以任務來說，北御前是與他們一起進行任務才出意外，雷火傭兵團當然有找人的義務。

以私人來說，北御前和他交情不錯，他要保護的人，蒙亦奇身為朋友，在朋友不在的期間，當然也要盡力保護。

端木玖才要開口，在她懷裡的小狐狸，突然抬起爪子，往蒙亦奇拉住她手臂的手背上拍了一下。

「嗯？」一陣熾痛感讓蒙亦奇反射性抽手。

一看，手好好的，沒事；但是熾痛感還在。

再看，那隻小狐狸又懶懶地趴了回去，連眼神都沒施捨他一個。

蒙亦奇盯著小狐狸。

小狐狸當他不存在，就閉著眼趴在端木玖的懷裡，看起來像是睡著了。

端木玖摸摸牠的頭。

「蒙大叔，我要去。」北叔叔，她自己找。

「九小姐，妳還是留在這裡比較好。」端木陽突然開口，表情很正常，但是眼神很陰暗。

他的女兒，雖然身上傷得不重，也被救醒過來，但是，卻變、成、白、癡。

整個人呆呆的。

在晴兒醒來確認身體狀況後，他就派人護送，讓連兒帶她回城；至於他自己，還有他身為長老的責任，不得不按捺怒氣來這裡。

端木陽現在還能平靜地面對端木玖，連他自己都要佩服自己的定力。

「嗯？」端木玖轉頭過去，眨了眨眼，露出恍然的表情：「端木陽管事長老，你怎麼在這裡？」

他、一、開、始、就、站、在、這、裡、了。

眾人的表情也是扭曲了一下。

這是當場的不給端木長老面子吧？

仲奎一滿臉的不忍直視。

阿北家的小姑娘，妳可以再裝得像一點，剛才明明就有看見他了。

「哦，那端木晴還好嗎？」端木玖很順口地問道。

「很好，多謝關心。」咬、牙、切、齒。

人是她打的，傷成什麼樣她會不知道？

這是故意要惹怒他嗎?!

「原來她很好、沒事呀！唉，真是太可惜了。」她真的很惋惜。

「九小姐這句話是什麼意思？」端木陽的臉色，暗暗地黑了。

「沒什麼意思，就是覺得自己的實力實在不怎麼樣，還需要好好地鍛鍊。」居然讓仇人那麼快復元。「仲叔叔，我果然還是太善良了，對吧？」

……善良？

大家的表情又默默扭曲了。

仲奎一只愣了一下，就點點頭，還拍拍她的肩，安慰道：

「沒關係，人有失手，下次妳一定會做得比這次更好。」

「嗯，我也是這麼想。」端木玖燦爛的笑顏，差點沒閃瞎一干大男人們的眼。

但是這樣說真的沒問題嗎？

看過咋晚賭鬥的傭兵們在心裡默默疑問：這是明晃晃在表示，下回還要把端木晴揍一頓的宣告嗎？

「哈哈哈哈，這樣想就對了，我們走。」仲奎一才不管別人臉皮抽不抽，直接大笑出來，就準備離開。

誰耐煩跟這群人在這裡浪費時間，簡直一點意義都沒有。有時間在這裡看來看去，還不如快點去找人。

「我也去。」衛利斯立刻說道。

「本長老也去。」端木陽跟著說道。

「第七到第十小隊，跟著衛客卿一起去。」燕東飛點名，然後對蒙亦奇說道：「昨天發生的事，責任在我們傭兵團，我會負起責任，也會盡力找人。」

「燕分團長，如果北御前和傭兵小隊的人員沒事，那一切都好說，他們若有損傷，恕我必須為團員討回公道。」蒙亦奇沉穩地說道。

兩大傭兵團同在一座城裡，抬頭不見低頭見，這兩人當然彼此也是很熟的，不過畢竟各有立場，欣賞歸欣賞，雙方有衝突的時候，該怎麼做就要怎麼辦，沒情分可言。

「我明白。」燕東飛沉聲應道。

「這位是端木玖小姐，算是北御前的親人。」立場表明後，蒙亦奇多介紹端木玖一遍。

意思就是：你家那個小隊員坑的是人家小姑娘的親人，怎麼賠罪怎麼補償，你自己看著辦！

「九小姐，很抱歉。」儘管身為半步踏入聖階的高手，對於端木玖這等接近沒修為的廢材，其實可以不必理會。

但是燕東飛卻是個行事是非分明的人，錯了就是錯了，該他擔的責任，他不會逃避。

「與其道歉，你更應該給我的，是一個真相。」以燕東飛這種混走大陸不知道多久、年紀也不知道大她多少的人，應該懂她的意思吧！

「我會查。」燕東飛承諾。

端木玖笑開。

「那就拜託燕分團長囉！」很好，這樣營帳這邊有人看著，如果人被滅口了什麼的，那燕東飛就太遜了。

「第五小隊為主，六到八小隊為輔，盡力探清山谷狀況。」蒙亦奇也開始點人，再小聲對趙剛交代：「以保護好九小姐為第一要務。」

「是，分團長。」趙剛小聲回道。

端木玖看著這些人準備跟去的一眾大隊伍。

「大家都要去東南邊的山谷？」一去四、五十個？

「是。」燕東飛代表其他人點頭。

端木玖一聽，拉著仲奎一退到一邊，把路讓出來。

「那你們快出發，找人和救援的事就拜託你們了。」

仲奎一訝異地看了她一眼，不過沒有反對，支持她的行動。

「九小姐決定不去了？」燕東飛訝異。

剛才她明明是一副就算沒有人去，她自己一個人也要去的堅決樣，這也變得太快了吧？

「我相信你們這麼多人去，一定可以找到我家北叔叔的。」端木玖一副對他們充滿信心的表情。

「……」但是他們其實沒什麼信心。

「走吧。」衛利斯先走，後面疾風傭兵團的人跟著。

因為事情是他家族的人惹出來的，衛利斯認為自己必須親自去探查情況。

雷火傭兵團的人也跟自家分團長打了聲招呼，同樣朝東南山谷而去，不過跟前面疾風傭兵團的人走的方向稍稍有點距離，避免兩團人撞在一起。

這時候端木陽才問道：「九小姐真的不去？」

「端木長老很關心我去不去？」端木玖似笑非笑。

端木陽被噎了一下，哼了一聲。

「急著找人的，不是妳嗎？」

「我是很急啊，那長老你急什麼？」

「我……北侍衛是端木家的護衛，本長老當然關心。」

「錯了，北叔叔不是端木家的侍衛，他只是照顧我一個人，端木家無權命令他，他不必對端木家忠心；長老稱為北叔叔為『侍衛』，這種用詞很不妥當，請長老以後要注意。」端木玖義正詞嚴地說。

眾人：「……」

老師來了嗎？怎麼有人在說教？

「看在他為端木家盡心照顧九小姐的分上，他的安危，本長老自、然、關、心。」

「長老又錯了，北叔叔照顧我不是因為端木家，只因為我；照顧我，是他自己的意思，與端木家無關。」端木玖繼續指正。

端木陽又被噎住了。

「……總之，就算他照顧妳不是因為端木家，終究是照顧了妳，妳是端木家的九小姐，衝著他對妳的恩情，本長老就不能對他的生死置之不理。」多麼冠冕堂皇，不信她還有話可以回。

「哦，那你去吧。」端木玖點點頭，就對他揮揮手。

快去吧快去吧，不要在這裡種蘑菇了！

「……」這種像小狗一樣被打發的感覺真是讓人非常不爽！

像他積了一口氣要吐，結果能吐的氣早就沒了，只能變成吸氣。

端木陽無比鬱悶，很想把她給斥責一番，但好像又沒什麼能斥責的理由，只好恨恨地哼了一聲，揮袖就飛行向赤地。

結果一進赤地，就從空中掉了下來。

「啪」一聲，眾目睽睽，端木陽長老從空中掉到地上，跌了個五體投地，從上方看下去，就像一隻青蛙趴在地上，還引起一陣煙塵亂飛。

「……」

這畫面，簡直讓人不忍直視！

第九章　什麼曲子好好睡

端木長老是被氣糊塗了吧！眾傭兵默默想道。

「他怎麼突然掉下來了？」現場沉默了一會兒之後，傳來端木玖很遺憾又很不解的聲音。

怎麼是掉在赤地裡？如果是直接掉進岩流裡，那才是真精采啊！太可惜了。

眾人：「……」她不知道?!

「因為赤地之中，人類不能飛行。」仲奎一差點想摀臉。

他都差點忘了阿北家的小姑娘其實很「無知」的事實。

……回頭一定要提醒阿北好好為他家的小姑娘補充常識……

「啊?!」有這回事?!「那——」

明明疾風傭兵團有很多人都「飛」過去的。

「人類不能飛，但是魔獸的力量可以。」仲奎一補了一句。

能飛的那些人，應該是擁有飛行類的契約魔獸，才能借用魔獸的力量飛行。

「……」端木玖對仲奎一投以哀怨的一眼。

仲叔叔，這種事要早點說啊！被大家用那種「妳不知道?!」的震驚表情瞪著看很有壓力的好嗎！

趁著大家注意力在端木玖身上時，端木陽假裝很淡定地站起來，然後以看起來很從容、實際上是逃跑的速度朝東南山谷的方向而去。

等他走了，端木玖才轉回頭，看著在一片熾熱的淡淡煙霧中，端木陽快要消失不見的背影。

雷火傭兵團和疾風傭兵團在安排好找人的事後，也各自離開，他們還有任務要做。

現場只剩下他們兩個人。

「為什麼要把他們氣走？」仲奎一這才問道。

「當然是因為——不想和他們一起去。」

仲奎一搓著下巴想了想，很贊同地點點頭。

「妳做得對。」

這麼一大群人和在一起，誰知道會不會出現第二個衛沖林，再來個「寒陰水意外事件」？

要知道，不管做什麼事，最怕就是碰到豬隊友啊！

尤其是那種包藏禍心的豬隊友！

「那我們走吧，仲叔叔。」端木玖一笑，選了與前面兩堆人不同的路徑，就踏進赤地。

一感覺到腳下熱度的時候，端木玖的心，突然劇烈跳動了一下。

端木玖一愣。

這種感覺，有點疼、有點熟悉……

同一時間，火山深層的地脈之中，黑暗又平靜的燄海之中，突然，一小撮火光晃動了一下。

一閃，又一閃。

在黑漆漆的地脈之中，呈現出宛如彩虹般的光彩。

「啾？」

光芒閃過之後，地脈之中又是一片黑漆漆。

然而一會兒之後，那一小撮火燄再度燃亮。

緩緩、輕輕的，像是什麼甦醒了一般，一下、又一下，愈來愈亮。

最後，伴隨一聲輕輕脆脆的呼喚：

「啾！」

然而它所不知道的是，隨著它愈來愈亮的光芒，赤地的溫度也慢慢地愈來愈升高。

火山，開始漸漸躁動了。

赤地的溫度上升。

在眾人往東南方向的山谷走時，都沒有特別注意。

就算有人發現好像變熱了，也以為是因為自己愈來愈接近火山的緣故。

因為赤地本來就是沿著岩火山周圍而展開。

愈往赤地裡頭走，也就代表愈接近火山，感覺到愈來愈熱也是正常的。

但是一到山谷，那片下窪谷地旁，無論是疾風傭兵團的人、或是雷火傭兵團的人，當下全都呆住了。

「這是怎麼回事？」

「整片山谷……全都是岩流。」

「……是火吧。」

「重點是，這個樣子，不要說找人，根本就是……踏不進去……」好熱。

被派來的人，修為至少都有點能避寒暑，但是現在，什麼避寒暑的根本就是沒用。

每個人臉上都是汗水涔涔。

他們自從修練之後就再也沒有經歷過這種不舒服的感覺，在今天竟然有幸重溫了。

在場眾人彷彿都感受到了岩火山深深的惡意。

總覺得，這好像只是個開始——呸呸呸，不要亂想！

赤地之所以為赤地，除了因為它在火山周圍，受到地熱的影響之外，也因為，它本身就是火山爆發時會被岩漿覆蓋的區域。

岩漿過處，寸草不生。

久而久之，赤地就是一片外表龜裂、熱氣騰騰的土地。

但就算是火山爆發，也從來沒有整片山谷都被岩流覆蓋的狀況。

岩流，是一整片岩石帶著高溫流動成河的狀態啊！

一停下來、溫度一降，就全都會變成岩石。

所以……窪地要被填平了?!

突然，山谷窪地中央爆出一道光芒！

爆炸聲隨即響起。

「砰！」

「退後！」

岩流四濺！

圍在窪地周圍的傭兵團急忙後退。

但是來不及！

飛濺的岩流潑在人的身上，有好幾個人的皮膚幾乎都要被燒焦了，痛得忍不住慘叫：

「啊……啊……」

其他沒有受傷的人還來查看情況，就見光芒爆出後，原來被岩流填平的窪地中央，空出了一塊區域。

「那是——北大人?!」

最先看清楚狀況的，簡直驚呆到直接叫出來！

那塊空出的區域中央，站著一名全身黑衣的男人，手持一把黑色長槍。長槍插入地面，輸入魂力。

以男人與長槍為中心，周身散發出一股有如風的力量，清出一小塊區域，阻絕了岩流將他們掩埋。

而男人四周，還半坐半躺著五個男人，身上不是傷就是血。

從昨天事發到現在，整整一天的時間，北御前竟然撐住了！

不但沒死，還等到他們來。

「是北大人和失蹤的第四小隊成員！」另一邊，雷火傭兵團已經認出自己的小夥伴了。

「現在怎麼辦？」

雖然走的方位稍微不同，但基本上目的地相同。

疾風、雷火兩大傭兵團的人本來就沒距離多遠，再加上剛才的一陣混亂，沒受傷的人都自覺地靠近一點。

抱成團，至少擋岩流也會給力一點。

但是現在的情況完全出乎他們的意料之外。

人要救。

但要怎麼救？

北御前雖然利用魂力和兵器的力量暫時安全，可是他們身在岩流中央，周圍全是熱烈烈的岩流，赤地又不能飛行。

他們愈看愈急。

北御前用的方式，只能暫時阻擋。魂力有限，不可能一直擋住岩流，留給他們救人的時間並不多。

「用飛行類魔獸。」雷火傭兵團第五小隊長說道。

「嗯。」疾風傭兵團第七小隊長同意。

兩人開始點出能載人的魔獸，立刻出發。

一飛上天空，岩流的熱氣撲上來，所有魔獸不由得上升再上升，但還沒飛到北御前所在的位置，岩流突然變成火球彈過來。

「吱！」飛在天上的魔獸們簡直嚇呆了！

熱就算了，還有火樣的暗器是怎麼回事？

「呼——」

「吼——」

眾人還沒研究清楚是怎麼回事，緊接而來的火球讓魔獸們應接不暇。

「是岩火獸！」

「藏在岩流裡！」

一顆顆火球雖然不密集，有的根本彈的高度也不夠，傷不到魔獸。

但就這些干擾，足夠讓在飛行中的魔獸左閃右避，但好強的本能也讓魔獸們開始反擊。

即使同是飛行類魔獸，天賦也各不相同。

「呼咻——」強大的風化為力量拍向火球，硬生生把火球拍回去！

「啊吼——」火球與火球對撞，在半空中炸開！

「吱嘯吱——」一旁的魔獸們差點來不及飛開變成被殃及的炮灰。

而對岩火獸來說，爆開的火球根本沒影響。

要是沒被底下火球打到反而被反擊的火球給爆下去，那簡直不能忍！

載著主人的魔獸們開始互相交流。

「吱噢噢……」火球不要亂吐。

「咻……」風不要亂吹。

「嘯噢……」到底是來幫忙還是來搗蛋的？

「吱！」火球來了快點閃！

眾魔獸立刻四下飛散。

原本集中的幾隻魔獸頓時各自一邊。

這麼一來岩火獸不好攻擊，但坐在魔獸身上的傭兵們也無法聚集，同時還要抓緊魔獸，免得在魔獸飛上飛下的時候，他們一不小心就被甩出去。

這個樣子不要說是救人，連自己的安全都有問題。

「鎧化！」

幾名修為在地魂師以上的魂師一喊，身下魂師印立刻出現。

在九星魂師印的中央，出現兩顆星表示魂階——地魂師，而九個角中的亮光，則明白閃現出各自不同的星級。

魂師印一現，魔獸消失，坐在飛行魔獸上的魂師立刻身形一變。

髮色、瞳色、身上的衣裝，全都因魔獸的顏色而各自不同。

同時身上也出現背翼，飛靴……等等。

魔獸天賦上身，魂師們的動作立刻變得敏捷，以閃避岩火獸的攻擊為主，很快接近到北御前所在的位置。

但是以黑槍為中心的旋風陣陣吹旋，他們根本無法接近，只好在空中試圖叫道：

「北大人、北大人！」

「小四隊長！」

北御前與第四小隊成員沒有任何反應。

「北大人！北大人！」

還是沒有反應。

「他聽不見。」

「還是，他根本沒有意識了？」

「那怎麼辦？」

「先報告小隊長。」有人立刻往回飛。

又經過岩火團，在空中閃來閃去，才回到安全地方，立刻把情況報告給在原地等候的小隊長們。

「那是……」疾風傭兵團第七小隊長瞇起眼，看著北御前手中那把黑色長槍，與長槍造成的旋風。

能夠一直阻斷岩流與岩火獸攻擊的風，不是一般的風……

「不用猜了，你們接近不了北御前的。」終於到達的端木陽，雖然沒看到前面發生的事，但是光憑那股風、在場小隊長們滿臉困惑的表情，同是天魂師的他一下子就明白了。

「端木長老，為什麼？」第七小隊長問道。

「那把槍，應該是北御前的契約魔獸所化。北御前的契約魔獸——至少是聖級，聖級魔獸的威力，你們的魔獸怎麼可能應付得了。」

「聖級?!」眾人倒抽一口氣。

難怪能在一片岩流和岩火獸的包圍中，硬生生搶出一塊安全區域。

七星以上的魔獸對他們來說，就已經是天大的對手，兼天上掉下來的餡餅，想進行契約都還怕被噎死。

而聖級……他們根本連想都不敢想！

聖級的威力，難怪能擋得住這群岩火獸。

縱使岩火獸千千百百隻，但是魔獸遇上比自己高一階的魔獸，就是會有天生的畏懼感，就算勇敢想攻擊，膽子也會先怯三分，不敢全力攻擊。

難怪那股旋風能撐這麼久，大家都有點明白了。

「但是，大概也差不多到極限了。」端木陽再補一句。

兩大傭兵團的小隊長們臉色又是一變，繼而又很快冷靜下來。

都不是第一次遇到生命危機，雖然這次情況有點出乎他們的想像，但是慌亂一下，卻不能一直慌亂下去。

人，是一定要救的。

兩個作主的小隊長立刻決定：

「所有人準備，旋風一旦消失，火系魔獸擋住岩火獸，飛行類魔獸接應救人，盡快將人移出來；留在這裡的做好戰鬥和撤退準備。」

「是。」所有人各就各位。

剛才受傷的傭兵們，現在就先撤回。

另一邊，端木玖和仲奎一也悄悄來到山谷入口，雖然離他們稍微遠了一點，但是也聽到他們剛才說的話了。

而且愈接近山谷，端木玖就愈覺得有一種莫名的親近感，讓她差點直接往岩流走去。

「阿北家的小姑娘！」仲奎一臉色一變，連忙把她拉回來。

不要走得那麼順啊！下面是岩流耶！

「我沒事，謝謝仲叔叔。」端木玖穩住心思。

仲奎一這才點點頭，然後往山谷中央望去，一看到那把槍，仲奎一的臉色就變了。

「阿北的情況不妙。」

「北叔叔真的失去意識了嗎？」端木玖對「魂師」這個職業到底有多強還沒有太直接的印象。

不過意識沒了、只剩下一股意志在撐的狀態，她懂。

「很有可能。」仲奎一看著她：「阿北雖然是魂師，但是他很少把契約魔獸叫出來作戰，現在既然用了，就表示他遇到的狀況，已經危及生命了。」

仲奎一再看那群飛來飛去的傭兵。

「他們現在破不了阿北的防禦，等那股旋風消失，表示阿北也透支魂力，會完全昏迷；這個時候的他，沒有一點自保的能力。」

「也就是說，如果有人要暗算北叔叔，這是最佳機會？」難怪端木陽要不辭辛苦趕來。

原來是打算一刀不成再補一刀嗎？

他對北叔叔到底有多大的怨念啊！

「是沒錯。不過只要阿北的獸管用，還是可以保護住阿北的。」人昏了，魔獸可沒昏。

契約魔獸對契約主人，還是很有護主意識的。

「冀望一隻魔獸當保鑣啊……」好像不太靠譜。「仲叔叔，你也沒辦法讓北叔叔清醒嗎？」

「沒辦法。」仲叔叔嘆口氣。「阿北那隻獸的等級比我家的高啊！」

他家的獸一見到阿北的獸，就是當場完全趴住不動，整一個孬，連他都覺得很丟臉。

端木玖一聽，眼神一亮！

「仲叔叔的意思是，只要找到一隻比北叔叔的契約魔獸等級更高的魔獸，這樣可以有機會讓北叔叔自動停下來？」

「這個妳就別想了。」仲奎一很遺憾地打破她美好的想像。小聲地說：「阿北的契約魔獸，是神獸！」

整個西岩城都找不出一個魂師有神獸的好嗎！

「神獸?!」端木玖也愣了。「那端木陽剛才說聖獸……」

「他根本不知道阿北擁有的是什麼，隨便猜的。」仲奎一撇了撇表情。「要不是阿北有神獸，當初端木本家也不可能輕易放過妳，讓他保妳一路從帝都平安到西岩城。

「十年來，只要有他在，就沒人敢動妳。

「阿北雖然只是天魂師，但即使沒有魔獸，他的戰鬥力也很驚人，所以也很少動用魔獸，更別說讓他的魔獸在別人面前露出本體，所以一般人根本不知道阿北家的那隻獸，竟然是足夠讓大陸魂師瘋狂的神獸。」

「……」北叔叔的秘密好像也很多。

仲叔叔知道的，好像也很多。

仲奎一接著說道：

「我跟阿北在帝都的時候就認識了，後來我會來西岩城定居開店，也是因為阿北在這裡，有酒一起喝人生才不會無聊，喝酒以後說的話，才是真心話。」

「……」是酒後吐真言吧！

酒友什麼的……果然是好朋友。

端木玖覺得自己被刷新了一下世界觀。

好吧，看來找等級更高的魔獸行不通——

「旋風變小了！」突然有人喊。

「第六小隊準備。」

「第八小隊掩護！」

因為傭兵們的動靜、還有鎧化的魂師一直在山谷上方，給岩火獸們帶來壓力。

藏在岩流之中的岩火獸一隻隻冒出頭，怒火熊熊地往上看。

愈是怒火，岩流激盪得就愈頻繁。

「啵！啵！啵啵！」

岩火之中又含帶著火的岩石，簡直就是名副其實的「火球」，砸到人身上不燙傷也內傷！

「快閃開！」

「退後！」

「轟……」

「啊……」

試圖接近旋風的魂師統統被岩火獸攻擊，岩火獸離開不了地面，但是吐火球就跟射擊一樣。

站在空中的魂師再能躲，也躲不過愈來愈密集的小火球。

受傷的人數頓時更多了。

「該死！怎麼辦？」

平時對付岩火獸並不算太難，岩火獸就是吐火球攻擊比較強，但魔獸等級並不算高；比較麻煩的是，岩火獸一出現總是一群。

而現在不只是一群，是「一整湖」，數量從數十變數千。

在這種情況下，再微小的攻擊也會變得很兇猛！

而且，在北御前周圍，旋風縮小一分，岩火獸就進占一分。

旋風弱一點，牠們就敢向前撲！

就算沒能闖過旋風帶，被劈成半的岩火獸也是前仆後繼。

被旋風劈成半的岩火獸，沒有流血、也沒有太多血腥，反而成了岩流的一部分，擴大了岩流。

端木玖若有所悟。

「仲叔叔，岩火獸，就是岩流嗎？」

「不是。」正專心看著山谷那邊戰況的仲奎一聽到她的話，也沒回頭，直接回道：「岩流是熾熱的火漿流過無數岩石後融化岩石所形成，比火漿熱度更高一點；而岩火獸雖然本體像石頭，但卻是一種生命。岩火獸死後什麼都不會有，只會變成原石——也就是石頭的樣子，名為『岩火石』。」

品質好一點的，就是火晶石了。

「原來如此……」等等，那岩火獸……其實是石頭?!

石頭活了，變成魔獸——岩火獸。

石頭死了，就變成石頭，遇上岩流就變成著火的石頭——岩流的一部分。

……這不是在繞口令吧，她頭有點暈。

總之，現在得想辦法讓這群岩火獸安靜一點。

因為傭兵攻擊的關係，牠們愈來愈躁動了，岩流也愈來愈多。

而北叔叔的旋風圈卻是愈來愈小，看起來岌岌可危。

端木岩想著，手指無意識地輕撫著懷裡的小狐狸，低頭看見小狐狸透如水晶的眼瞳──

「岩火獸們太活潑了，就像一群過動兒，要讓一群過動兒安靜下來，除了暴力之外……來首安眠曲讓牠們統統睡著有沒有效？」

小狐狸的眼瞳裡光芒一閃，什麼回應都沒有給，只是看起來很乖巧地繼續趴伏在她懷裡。

端木玖嘆口氣。

「實力果然很重要，打不過這群噴火獸，焱又不在，只好試試了……」希望這個奇怪的異世界的動物，也會懂得欣賞安魂曲。

焱？

誰?!

小狐狸還來不及把疑惑表達出來，就被挪移到肩上。

端木玖掌心翻轉，手中就出現了一支簫。

這是她在煉了很多飛刀和一把槍之後，用剩餘的材料做的，也是她前世唯一會的樂器，本來打算閒閒沒事時自我娛樂用的，沒想到現在會派上用場。

用礦石做的簫……希望音色不會太走調。

回想一下前世小時候爸爸媽媽唯一教過她的那首曲子，端木玖深吸口氣，以唇就簫──

「唔——」

當第一聲沉穩卻清亮的樂音響起時，仲奎一立刻回過頭，以很驚訝地眼神瞪著她。

「……」阿北家的小姑娘拿了這什麼東西在吹些什麼東西?!

接著，簫聲繼續響起。

隨著樂音的抑揚頓挫，在岩流上與岩火獸對峙的傭兵們也都聽見了，在戰鬥之餘居然都紛紛「撥空」投過來驚異的眼神。

「……」那什麼東西的什麼聲音，好像……很好聽?!

最奇特的，是眾獸的反應。

鎧化的不算，凡是以獸形出現的岩火獸與契約魔獸，在聽見簫音沒多久後，熊熊的戰意突然都漸漸消退，攻擊也漸漸變慢。

「……」眾獸都有點陶醉的表情。

這聲音聽起來好舒服，想多聽一點、多聽……一點……呼呼……

魔獸們漸漸沒了聲音，躁動的岩流也漸漸平緩下來。

就連在場的傭兵們，都因為這陣樂音而覺得身心有種很舒服的感覺，神情裡的戰意與警惕也漸漸消緩……

再轉向被岩流圍在中央的北御前，周身的旋風似乎也愈來愈緩慢——

樂音悠揚、平穩，低沉中有清亮、均勻悅耳，似乎帶著某種感染力，讓岩流徹底平穩下來，不動了。

端木玖立刻拍了仲奎一下，讓他回神，匆匆說道：

「仲叔叔，只有二十息的時間，救人！」她人已經衝進山谷裡，踩在岩流上奔跑了。

速度超快！

眨眼間都衝出一丈遠了。

「阿……喂喂！」「阿北家的小姑娘」這幾個字還來不及叫出來，仲奎一就發出驚異的「喂」聲。

然後跟著衝跑進去。

她怎麼跑那麼快?!

這是怎麼回事?!

岩流上怎麼能踩?!

而且好像一點都不熱了?!

現在到底是怎麼了啊?!

仲奎一心中有無數問號像一匹匹快馬奔騰而過。

但是現在哪有時間讓他問，救人才是第一要事啊！

而陸續回過神的傭兵們看到這一幕更是驚訝到眼珠子都快掉下來。

踩、踩在岩火獸頭上奔跑?!

這個世界還正常嗎?!

端木玖來到旋風前，旋風已經小到只包圍著北御前一個人。

待在她肩上的小狐狸突然向前一步，停在半空中。

清透如紅晶的眼瞳看了那把黑色長槍一眼。

那把黑色長槍突然在一瞬間收了勢，化為一道黑色流光返回北御前的魔獸空間裡。

一直直挺挺站立著的北御前，木然地抬起頭。

「看」，好像只是他無意識的一個舉動，但是她的臉，仍然讓他震動了一下，然後，緩緩倒下。

端木玖及時向前，接住北御前倒下的身體。

「阿北！」還有阿北家的小姑娘！

仲奎一趕到，正好看見這一幕。

端木玖卻不由分說，將北御前整個人用力拋向仲奎——

「仲叔叔，快走！」

第十章　岩火地底的……

仲奎一接住人，立刻就往回奔。

連去想像一下纖細弱小的美少女怎麼把一個大男人甩飛的畫面到底有多不科學的時間都沒有。

但到了山谷外，踩在赤地上，他就想到了。

弱弱的小姑娘把一個大男人甩飛，這合理嗎？

好吧，修練之人可以力大無窮……

仲奎一汗汗地回頭，正好看見端木玖將最後一名渾身是血又昏迷的傭兵甩向空中。

是第四小隊的成員們！

所以不只甩了一個，是甩了好幾個大男人！

仲奎一連發表一下對這種畫面的感想的時間都沒有，就見空中一名棕髮傭兵，在接住最後一個人時，雙腿一動，立刻往回奔。

端木玖也準備跑人。

就在這一刻，二十息的時間正好過去，岩流再度波動了起來，所有的岩火獸齊齊朝空中噴出火球攻擊。

「啊！」

「小心！」

「快走！」

一群傭兵狼狽地往外奔。

站在山谷旁的兩名隊長見狀，立刻組織隊員們分批擋下攻擊，務必留下撤退的通道。

直到最後一個人落了下來，疾風和雷火兩個傭兵團負責指揮的分隊長才鬆了口氣。

尤其是雷火傭兵團的人，本來以為自己的小夥伴們凶多吉少，大概再也回不來，個個心情沉重。

現在發現第四小隊整隊成員都在，雖然受了傷，但沒有缺胳臂少腿的，回去養養身體自然就能復元。

再也沒有比這個更讚的消息了！

「隊長……」最後一個落地的棕髮傭兵才開口，就被打斷。

「有話等等再報告，帶著受傷的人，我們立刻撤退！」雷火傭兵團第五小隊長立刻說道。

雖然剛才岩流詭異地停了一下，但現在顯然更加瘋狂了。

他們再不走，就要準備被岩流給淹了！

「隊長，九小姐沒有出來！」那個棕髮傭兵只好大聲說了。

「你說什麼?!」正在查看北御前身體狀況的仲奎一聽了，差點沒直接跳過來質問。她不是跟著最後一個人跑回來了嗎?!

「她救了最後一個人，岩火獸就動了，她和那隻小狐狸還擋了岩火獸，讓我帶著人順利飛回來……」

「她人呢！」

「九小姐……被岩流……」吞沒了……

被個號稱廢材的小姑娘救了，他不覺得丟臉。

因為他們都不認為能打敗三星魂師的九小姐會是真的廢材啊。

可是他因為背著自己昏迷的傭兵夥伴，根本無法再載她，只能眼睜睜看著她消失在岩流裡，他覺得很愧疚、自己很無能。

看著自己的手，他彷彿還能看見，當他在空中接住人，岩火獸的火球至少有兩顆攻擊向他，而九小姐手中的迴旋飛刀丟出，打掉兩顆火球，飛刀毀了，九小姐還叫他快走。

然後，九小姐所站的位置，沒了旋風保護，很快就被岩流淹過，九小姐要跳開，卻又突然臉色微變地撫著胸口不動。

就這麼一瞬間的遲移，她就被撲來的岩火獸淹沒了，包括一直待在她身邊的小狐狸都沒有逃過——

仲奎一往山谷一看，哪還有人?!根本看不見！

想像傭兵形容的情況，小姑娘無助地摟著小狐狸，被岩流吞沒——仲奎一覺得頭有點暈。

「不會的、不會的……」小姑娘那麼「鬼」，怎麼可能這樣就……出事?!

不會的……在阿北醒過來之前，小姑娘一定會回來的……不然……阿北要怎麼接受這個事實……不會的不會的！

「她一定不會有事！」

「岩火獸要狂暴了，我們快走！」疾風傭兵團第七小隊長安排好自家的傭兵們，連忙過來說道，卻看到三張表情很難看的臉。「怎麼了？」

「九小姐沒有回來。」第五小隊長語氣沉重。

人都救回來了，不是應該高興嗎？

「什麼?!」

這是撿回六個丟了一個嗎？丟了的那個身分還有點特殊……

疾風傭兵團分團的第七小隊長也覺得腦袋有點暈。

「我再派人去看看。」第五小隊長現在真後悔自己當初簽訂契約魔獸的時候怎麼沒有找一隻飛行魔獸呢，這樣他就可以自己去找人了。

「等等——」第七小隊長拉住他。

不用多說，他們都看到了。

整個山谷的岩流都沸騰起來了，熱氣上薰，從最接近山谷的赤色土地，開始從龜裂的裂痕中冒出熱騰騰的煙霧。

「我們必須立刻回去！」第七小隊長咬牙說道。

這裡有他們四、五十名傭兵的命，他們不能留下！

「我們立刻回去。」端木陽立刻過來說道。

剛才他們說的話他都聽見了。

「端木長老，你……」第五小隊長簡直不敢相信。

「九小姐如果有知，也不會希望你們冒險留下來的。」端木陽看起來好像強忍住「悲傷」地說道。

他會悲傷？

仲奎一想一拳揍過去！

「不想救阿北的小姑娘你可以直說，不要假惺惺地表現你有多悲痛，虛、偽！」仲奎一不客氣地說道。

端木坎都不知道還有沒有命回來，他還客氣什麼?!

她要是出事，阿北絕對會抓狂的！

「她是九小姐，我怎麼會不想救她？」

「她把端木晴打成重傷，你還會想救她?!」仲奎一冷哼一聲。「端木陽，不要把別人當傻子！」

端木陽臉色一沉。

「仲大師，我敬重你的身分，請你也自重。」

「不過是個管事長老，也好意思跟我談自重？等你什麼時候能成了端木家族的執法長老，再來跟我說這句話吧！」仲奎一不再理他，只看著山谷，考慮自己要不要進去一趟。

但是端木陽在這裡，他也不敢放著昏迷的阿北不管。

「你——別欺人太甚！」端木陽氣怒。

仲奎一簡直不把他放在眼裡！

「滾！」

仲奎一是不想顯擺什麼，才不計較，不然真以為憑他一個普通的、修為沒多高的管事長老有資格在他面前大聲說話嗎？

「你——」

「兩位，好了，現在不是吵架的時候。」兩個小隊長連忙站到雙方中央阻止道。

「仲大師，我們必須立刻回去。」第五小隊長說道。

不是他不顧九小姐的安危，實在是——其他傭兵的命也很重要。

而且就算想救人，這一片岩火海的情況……要怎麼救人?!

仲奎一當然也明白現在的狀況。

岩火獸狂暴起來，攻擊的力量會比剛才強上好幾倍，他們繼續留在這裡，不要說找人，是根本只有變成炮灰的份兒。

仲奎一咬牙，扛起北御前，轉身往回跑。

「走吧！」

阿北家的小姑娘，如果妳能平安回來，仲叔叔就護著妳一輩子！

◈

二十息一過，暫時靜止的岩火獸們開始甦醒。

端木玖及時將最後一個人拋出，看著四周。

原本她是想跟來的時候一樣跑人的，但是岩火獸開始動了，她想跑也慢了。

只不過別人很怕的岩火獸，在端木玖眼裡，卻不算多可怕。

要說外表，還有比前世的活屍人更醜的嗎？

岩火獸，頂多就是沒臉沒五官而已，雖然身體跟岩石一樣有各種形狀，但把它當石頭看也就沒什麼可怕。

端木玖自我安慰，都不知道如果這話被岩火獸聽見了，會讓牠們多想哭泣。

牠們有五官啦！

還有身體、有手、有腳！

其實只是看不清楚而已，不是沒有啊！

岩火獸一醒，岩流沒了阻擋，高往低流，立刻往端木玖所在的位置淹去，兩秒鐘就足夠把她整個人淹沒。

小狐狸回到端木玖懷裡，眼看著岩流、熱氣，撲面而來，紅瞳一瞇！

區區岩火獸，也敢冒犯牠……

端木玖抱緊牠，本來要施展「浮空術」從空中逃生，可是心頭卻有一種異樣的感覺，讓她的動作遲鈍了一下。

就這麼一遲鈍，岩流已經來了。

端木玖立刻轉換方式，從丹田內釋放出力量包裹住周身。

小狐狸的眼神也有一瞬間的怔愣。

牠感覺到一股力量輕覆過牠的身體，而後岩流淹來——

在別人眼裡，一人一狐是瞬間被岩流淹沒！

被岩流覆蓋住的生物，不用多久就會被熱度同融，化為岩流的一部分，必死無疑！

然而事實上，岩流雖然整個覆蓋住端木玖與小狐狸，卻碰觸不到一人一狐的身體。

岩流與熱度，完全被隔絕在一公分的距離外。

端木玖從來都不怕火，所以她保護住自己和小狐狸之後，也就一點緊張都沒有的張著眼，看看這到底是怎麼回事？

在層層岩流之中，她的身體似乎在往下沉，有種陷進流沙裡的感覺。

舉目望去，除了看見各種不同層次的火燄顏色，還是不同層次的火燄顏色。

這種景象看一分鐘很驚奇，看五分鐘還不錯，看十分鐘以上……

「也太單調了吧！」

一模一樣的景象，都是火，看得太久實有夠「閃眼」，都快要變成視覺殘留映像了。

小狐狸抬起頭，端木玖剛好低下頭。

「這火的顏色，都沒有你的毛色好看。」幸好還能分辨色差，真是可喜可賀。

「……」這算讚美嗎？

小狐狸表情僵僵的——雖然在別人眼裡看起來，牠的表情就從頭到尾就只有一種，僵不僵也沒差別。

「雖然別人在岩流之中很危險，但是我們現在……應該算是安全的。」只是一直往下掉而已。

不過速度沒有很快，所以不至於有那自由落體的心跳加速，端木玖也就悠悠哉哉的。

「……」小狐狸保持無言。

能在岩流裡「混」得這麼安全的人，牠頭一次見識。

「我聽說，魔獸不會主動親近人的，那你為什麼一出現就撲向我？」端木玖繼續一邊丟出問題，一邊深思。

「……」小狐狸身體再度一僵。

撲向她什麼的……有這回事？

……好像有。

「還好你是一隻小狐狸，要是你是一個男人，那就是性騷擾了。」

「……」性騷擾？

「一個男人未經允許就摸女生的身體，就是非禮，就是性騷擾啊！當色狐也沒有這樣的。」

「……」色、色狐?!

小狐狸被打擊到了。

魔獸的世界——才沒這種形容詞！

只要夠強，雌性魔獸就會自動撲過來了。

小狐狸堅決否認自己對她有性騷擾。

牠不是色狐！

「不過沒關係，我很喜歡你。」她抿唇一笑，揉揉牠的毛，成功把順順的毛揉成蓬鬆蓬鬆。

「……」牠要先高興自己被表白了，還是先哀怨牠的毛被非禮了？

「紅色，是一個很好看的顏色呢！」

「……」沒錯。

「不過，焱的紅色是最好看的……」

「……」焱?!

又聽到這個名字。

小狐狸瞇起眼，心情略不爽。

「不過，焱也不是一直都是紅色的，也會變金色。」因為想到焱，她臉上的笑意暖暖。

「……」牠決定，要跟這個什麼焱的，決鬥。

「咦？下降的速度好像變快了。」她抱緊牠，低頭看著下方。

表面看起來跟一般火漿裡的石頭堆沒什麼不同，但一有不同的重量，火漿就會往下陷。

就像流沙。

不管是什麼東西落到沙地上，流沙就會自動拖著往下埋。

「我們好像要被埋到地底了呢。」端木玖看著牠：「你怕不怕？」

「……」

「可惜，就算怕好像也來不及了，早知道之前應該先把你也丟出去的。」她無奈地一笑。

她是不怕這些岩流，不過不知道底下等待她的會是什麼，說不定很危險——

小狐狸突然伸出前腳，往她手臂一撲，做出一個類似撲抱的動作。

而且還抱緊緊。

「呃……你這個意思是，我不能甩掉你嗎？」總有種被黏上的感覺。

小狐狸抱緊緊，不動。

端木玖無奈地一笑。

「好吧，其實有你作伴，也是很好的。」比起只有自己一個人，好很多很多……

小狐狸睜著透亮的紅色眼瞳看著她，好像透過她的眼睛，在真正看清楚她這個人……

她的眼裡有種不開心的神情，牠不喜歡。

她應該像面對那三父子女時的氣勢那樣，表面低調其實囂張！

「咦，顏色變了。」

通過各種不同層次的紅色岩流後，下降的速度再度變快。

原本凝膠狀的岩流，變成了像水一般的狀態、偏金色的紅色火漿。

端木玖再將小狐狸抱緊一點。

在岩流的時候，她從不覺有熱度，但是現在，她卻覺得有點熱了。

端木玖體內的心法自動運轉，一面加強了周身的防護，另一方面，卻將火漿的熱度吸收，化為靈氣納入體內。

這一修練，她的心法竟然連連突破。

端木玖不得不抑制自己過快晉升的速度，但是吸納火漿中靈氣的動作卻無法停止。不然她就要覺得很熱很熱了好嗎！

小狐狸好像發現她的不適，撲抱她手臂的動作又用力了一點，然後放出自己的氣息，也開始修練。

小狐狸的氣息，迅速和端木玖的氣息合成一片，端木玖第一時間睜開眼。

小狐狸也看著她。

端木玖忽然笑了。

「你喜歡？那試一試吧！」

她默默轉換心法運轉的方向，將多餘的靈氣回饋到周身與小狐狸連合的氣息之中。

小狐狸迅速把那股靈氣全部納入身體裡。

本來端木玖以為，就小狐狸那麼幼小的小身板，肯定不用吸多久的靈氣就會飽了，結果——完全不是這樣。

牠一吸再吸，好像無止無境。

端木玖低頭望著牠的神情，似乎比之前有精神一點，她旋身盤腿坐下，不管自己會下墜到哪裡去，現在就是修練。

所有吸取的靈氣，她沒有留存在丹田，反而都化為周身的保護膜釋放出去。

小狐狸就把過多的靈氣，納入自己的身體裡。

一人一狐這樣一放一收不知道過了多久，感知到他們似乎停止了下墜，端木玖這才緩下心法，睜開眼。

四周黑暗暗的，伸手不見五指。

小狐狸身上卻突然發出了光芒，照亮了四周。

那種光芒，不像是火燄，只是牠的毛上發出的細碎光亮，互相輝映在一起，就變成了一團──狐狸牌燈泡？

重點是：狐狸形超可愛！

「你到底是什麼狐狸呢？」端木玖忍住笑，問道。

「……」小狐狸好像瞪了她一眼，沒吭聲。

「好吧，我不問了，等你有一天告訴我。」端木玖抱著牠站起來，看著四周一片黑黑暗暗。

一眼望過去，除了黑，還是黑；無法判斷遠一點的地方到底是一片黑暗，還是黑色的牆壁之類。

端木玖跨出一步，踩到一片軟綿綿的東西。

她低下頭看。

踩進去軟綿綿，摸起來感覺比雪還要細、還要軟。

像剛落下地面的雪，還來不及凝固，蓬蓬鬆鬆的，一踩就陷進去。

端木玖掬起一把在手上，靠近「狐狸牌燈泡」一點。

本來以為是黑色的沙子，結果仔細一看，才發現並不是沙，而且在光芒的照射下，還會有反射光彩。

而細細小小的沙子狀的東西──竟然是像雪花一樣的形狀！

「黑色的雪花嗎……還會反光……」

雖然雪花般的沙子很細小，但卻不像一般的雪花那樣一揉就碎，反而堅挺地維持住它雪花應有的樣子。

如果這是在前世，作為科技武器研究人員的沐玖一定會說：這是環境污染的結果。

但是在這個充滿不科學的天魂大陸，端木玖對這個堅硬的黑色雪花非常好奇。

這裡，是赤地底下不知道多深的地方。

她踩得到的地全是這樣的黑色雪沙。

「小狐狸，你說這個會不會是某種罕見礦石？」

「……」當然是！

表面上小狐狸默默地沒反應，她就自問自答了。

「先收起來，有空再研究好了。」端木玖揮手收了一大把進儲物手環裡，繼續往前走。

因為雪花沙地實在太軟，踩進去就是陷進去，雖然能走，但是一踩一拔的、前進的速度簡直慢得讓人想崩潰！

端木玖想了想，就使用浮空術，半浮在空中行走。

至於能用浮空術，為什麼不乾脆用飛的？

因為這裡黑漆漆一片啊，伸手不見五指，又不是像科技時代還有導航，一旦飛太快，誰知道前面有什麼？

萬一撞到壁或是跌下崖坑什麼的，就是坑掉自己。

就算這裡沒人看見，端木玖也絕對不想發生這麼腦殘的事啊！

所以，還是一步一腳印，慢慢走吧。

這樣整整走了一個時辰後，端木玖停了下來，從儲物手環裡拿了食物出來，和小狐狸一起吃飽了、休息了，再往前走。

小狐狸一直維持「狐狸牌燈泡」，又走了不知道多久，四周的景物完全沒有變化，還是一片黑暗暗的樣子。

端木玖再度停下來，看著小狐狸，問道：

「你覺得，我們能出去嗎？」

「……」小狐狸看著她，還是沒有反應。

端木玖瞪著眼。

「狐狸應該會叫吧？怎麼你一點聲音都沒發出來過？等等，魔獸好像會說話，你也沒說過話！」瞪著牠的眼神變成指控，好像牠做了什麼多天理不容又虐待她的事。

「……」魔獸會說話是有條件的，妳不知道?!

可惜端木玖還沒學會看懂牠的眼神，只感覺到自己好像有點被鄙視了。

她又瞪看了牠一會兒，就抱著牠把牠揉來揉去。

「你都不肯跟我說話……」抱怨。

不會說話，發點聲音也好啊！

「……」牠一身滑順的毛又被她揉得蓬鬆鬆的亂，那一雙紅色眼瞳好像哀怨地睨了她一眼。

「噗。」端木玖忍不住笑了出來，又摟回牠，順了順牠的毛，一人一狐又繼續往前走。

「雖然不知道能不能走出去，不過我們也不能先放棄，要像打不死的小強一樣，奮鬥到最後！」

「……」小強？

打不死？

後者不錯，前者那是個什麼東西？

牠才是最強的！

突然，平靜的地面開始搖動。

沉靜的黑色雪沙開始翻騰洶湧，愈來愈劇烈！

端木玖挑了挑眉，看著小狐狸，很認真地說：

「我們真正的危機，可能來了。」

「……」但是牠一點都感覺不到她有緊張害怕。

「我對焱說過，若活著，就要好好活著；現在還沒找到焱，不能這麼從容就死呢。」嘆氣。

「……」又、是、焱。

小狐狸嘴巴一張咬住她的手指——只是咬住。

其實比較像含住，手指癢癢的被當成磨牙的東西。

牠根本沒真的咬。

端木玖稀奇地看著牠。

「你在生氣?!」

「……」

「但是，你氣什麼呢？是氣我讓你有生命危險？」

「……」哼。

她也：「……」想摀臉。

小狐狸的心，真難懂。

「轟隆！轟隆……」

黑色雪沙再一次震動，像是這一整個黑暗空間都跟著震動了，低低的、壓抑的震動聲，一聲、又一聲。

端木玖雖然沒有踩在黑色雪沙地上，但是這個震動，融合了實震和聲震，也影響到半浮在空中的她了。

「真糟糕……」她甩了甩頭，讓自己不那麼暈眩。

她們已經在地底不知道多深的地方，如果再陷下去……難道要來一場異世大陸的地心冒險，然後再藉由火山噴發逃回地面？

會不會也太老套了！

震動幅度不斷擴大，端木玖不得不站回地面，半趴著保持平衡。

「小狐狸！」她一手抱緊牠，看見黑色雪沙地像梯田那樣，一層一層的往下陷落，很快輪到她所在的位置。

小狐狸警戒地看著一層層陷落的沙地，再回頭看著她。

好像愈危險的時候，她就愈冷靜。

「來了！小狐狸，要抓緊我！」

說完，一人一狐再度往下掉。

這次不是慢了，是像蹦極那樣，真的是往下掉！

端木玖凝神，在極快的掉落中迅速穩住身形。

看著一層層沙地，像一片片布幕般掉了一層又一層，比她慢落下的，掉得比她還快，彷彿無止無境。

她在空中步法不停。

下降的速度雖然也很快，但至少比沙地慢一點，足夠讓她應變。

端木玖看著遠遠的地方還有沙地掉落，而腳下還沒有盡頭，但原本黑黑暗暗的四周，好像漸漸出現了點點光芒。

她凝目朝下方看，遠遠的，那好像是——

「……火？」

（待續）

作者的話

充滿無限想像的大陸，奇幻的異世界，一直都是銀姑娘的偏愛。偏愛它有各式各樣的種族，也偏愛它有各式各樣奇特的能力，可以很強、可以很弱，充滿著各式各樣的遭遇、各式各樣的冒險。

要說起銀姑娘對奇幻的偏愛，最初的起源，其實是來自於電視劇裡和圖書館裡的神話故事。那種揚手一揮，就可以呼風喚雨，或是隨心意變化出東西的神奇能力，很炫的啊！銀姑娘就是這麼簡單地被迷住了，然後腦子就開始朝著某種道路前進，一去到現在不復返。

每次想到這裡，就會深深覺得，銀姑娘果然好「單蠢」啊！雖然每次想起這種起源都讓銀姑娘默默想捂臉，可是喜歡就是喜歡，這是無法抗拒的本能。只是一種讓自己快樂的閱讀偏好，就不一定要很高大上的勵志故事、很嚴肅的知識研討，而可以是讓人有與當下生活不一樣的想像體驗——銀姑娘安慰自己。

然後，從喜歡看、到喜歡寫，從想像、到思考，銀姑娘顫顫巍巍地，走在寫作的路上。直到現在，開始了銀姑娘的第三部奇幻長篇小說。

一直都覺得，家族、傳承、血脈……這樣的話語，很有一種奇特的魅力。好像一寫到這樣的字眼，就覺得那是很強大的、很秘密的、很私人的、很讓人為之嚮往的。它有可能是人人求而不得的寶物，也有可能一不小心就變成人人避之唯恐不及的、天上砸下來的災難。但無論是哪一種可能，這都是妥妥的金手指啊！就像武俠小說裡，當跳進急流和掉下絕崖時，明明是必死之局，主角們卻永遠有奇遇一樣。

所以，銀姑娘毫不客氣的繼續用它了。《末等魂師》這個故事，就是在這樣腦內活動中誕生的。不過，其實這個主角哏早在之前的之前就已經想好了，現在算是又實現了一個，讓它冒出來和大家見面。

雖然不是第一次出版小說，可是每一次作品出版，銀姑娘的心情，就是忐忐忑忑，既期待又不安，既興奮又害怕。

新故事出版，期待大家會喜歡。

銀姑娘的ＦＢ，也歡迎大家一起來聊聊。

二〇一五年十二月

銀千羽

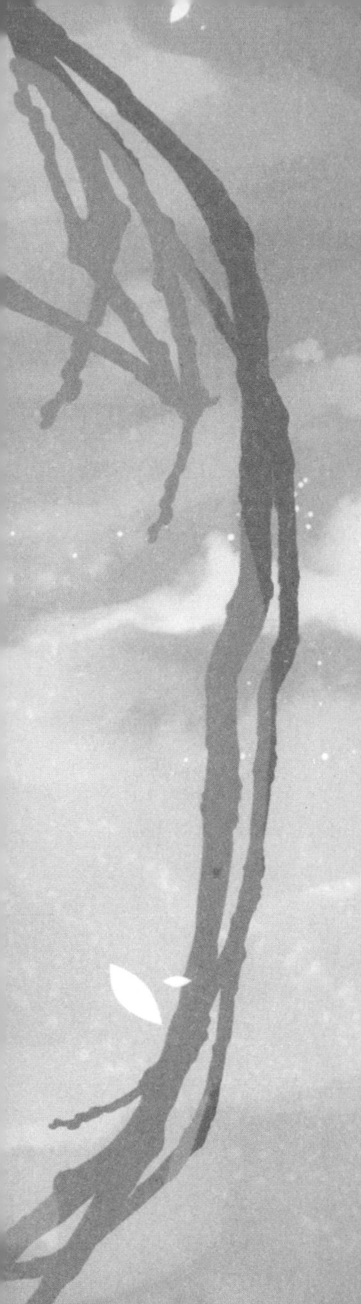

國家圖書館出版品預行編目資料

末等魂師①：廢材其實是土豪？ / 銀千羽 著 .-- 初版 .-- 臺北市：平裝本， 2015.01 面；公分（平裝本叢書；第 427 種）（銀千羽作品）

ISBN 978-986-92591-1-8（平裝）

857.7 104027035

平裝本叢書第 427 種
銀千羽作品

末等魂師

① 廢材其實是土豪？

作　　者—銀千羽
發 行 人—平雲
出版發行—平裝本出版有限公司
台北市敦化北路 120 巷 50 號
電話◎ 02-27168888
郵撥帳號◎ 18999606 號
皇冠出版社（香港）有限公司
香港銅鑼灣道 180 號百樂商業中心
19 字樓 1903 室
電話◎ 2529-1778　傳真◎ 2527-0904
責任編輯—蔡維鋼
美術設計—程郁婷
著作完成日期— 2015 年 9 月
初版一刷日期— 2016 年 1 月
初版二刷日期— 2021 年 11 月
法律顧問—王惠光律師

讀者服務傳真專線◎ 02-27150507
電腦編號◎ 560001
ISBN ◎ 978-986-92591-1-8
Printed in Taiwan
本書定價◎新台幣 220 元 / 港幣 73 元